海神的女兒

Sea-God's Daughter

梅洛琳 著

每一次，她的出現，都從他身上偷走了一些東西；
每一次，她的笑顏，幾乎讓他忘卻了自己的身分。
她，是躲在暗處的賊；他，卻是高不可攀的存在……

崧燁文化

目錄

目錄

第一章

香港　國際機場

快點、快點，再不快點的話，她就要被後頭那些便衣警察抓到了。

梅亞里匆匆忙忙的跑進機場，看了一下航班還有半個多小時，如果她能拖延時間、擺脫那些煩人的蒼蠅的話，就可以帶著這顆號稱本世紀最美、最耀眼的藍寶石「海神的女兒」回到義大利去了。

想到這裡，她的胸口不禁一陣灼熱。

她是個賊，沒錯，不過她可是個有格調的賊，偷竊純粹是為了興趣，在她的住處擺的可都是近幾年失竊的古董、名畫、家具、首飾等。不過如果讓那些警察抓到的話，被關還不打緊，最主要的是那些她辛辛苦苦、費盡心思所偷來的東西都會煙消雲散了。

第一章

所以無論如何，她不能被抓。

算她這次大意，竟然失風！誰叫她太過自信，才會在動手拿寶石時誤觸隱藏的警鈴，讓原本一件完美的偷竊案，最後卻變成這個樣子，也算給她一個教訓了。

雖然她已經換裝，不過那些警察還是尾隨在後，為了自身的安全考量，梅亞里迅速下定決心——

嗚……真是可惜，好不容易才偷到手的說。

機場內人這麼多，隨便找個代罪羔羊並不是件難事。

沒辦法，只能這麼做了。

只要沒被後頭那些條子抓到，她還有機會將寶石拿回來。

嘿！迎面來了個男人，她也不管人家長得是圓是扁，硬是「不小心」給他撞了上去。

「啊！」她叫了出來，帽子也掉到地上。

「妳還好吧？」一記低沉的聲音響起，梅亞里抬起頭來，看到眼前這名男子，一時間竟呆住了。

剛剛遠看還沒有什麼感覺，現在這麼近瞧，才發現他的身材高挑，一襲鐵灰色的西裝使他格外俊逸，修長的臉蛋彷彿是按照黃金比例雕刻出來的，向上揚起的劍眉充滿豪氣，明亮的大眼炯炯有神，高挺的鼻子和堅毅的唇線陽剛味十足，是個實實在在的帥哥。

天啊！怎麼有人像阿波羅一樣的完美？整個機場都因為他而亮了起來……

喬凌寰看著眼前這名少女，雖然她的上半部臉蛋被墨鏡遮住，不過她的臉蛋細緻，下巴小巧可愛，令人有股想要碰觸的衝動，而她那潤澤的紅唇微微張開，像是邀人品嘗的櫻桃，垂涎欲滴，他竟然有股想要一親芳澤的慾望……

呃？他在幹什麼呀？竟然只看了嘴唇，就對那張性感的唇瓣遐想起來？他命自己回神。

「小姐、小姐，妳還好吧？」

「什麼？喔……哦！」梅亞里醒了過來，對自己的失態感到疑惑。怎麼會看個男人看到呆了？

第一章

喬凌寰撿起地上的帽子，優雅的遞給她，彷佛中古世紀的紳士為淑女撿起手絹似的，梅亞里心頭怦怦跳……

「這是妳的吧？」

「喔！是的，謝……謝謝你。」她接了過來。

「走路要小心點，要不然很容易受傷的。」

梅亞里突然臉紅了起來，他的視線令她困窘，比那些警察更令她不安。

她竟然為了一個陌生人的話而心跳不已？這是怎麼回事？還好她戴著墨鏡，沒有讓他發現她的不對。

「我……我知道了。」

這樣嫁禍於他，她突然有些不忍，不過為了自身的安全，就只好犧牲他了。

「剛剛真是對不起，啊！還把你的衣服弄皺了，真是不好意思。」她幫他拍了拍衣裳，替他整理整理，順便將寶石偷偷塞了過去。

這下換喬凌寰不好意思了。

「沒關係、沒關係。」

梅亞里大方的整整他的衣襟、拉拉他的領帶，揚起一個可媲美陽光的笑容，俏皮的道：

「這樣帥多了。」

喬凌寰一時飄飄然，幾乎屏息了，忘了應隨時保持最高警戒的態度，他沒想到會有這麼一個女人可以有這麼大的魔力，讓他幾乎忘了自我。

等他回過神時，她已經走了。

可惜，不知道她叫什麼名字，要不然倒是可以跟她多認識認識。

不過人走都走了，他再想什麼也沒用，再說她還是個看不清臉孔的女人，他幹嘛想這麼多呢？喬凌寰有些遺憾的往前走，畢竟能夠遇到這樣亮眼，又讓他印象深刻的一個女人也是不容易。

「站住！」

一名男子攔住了他，喬凌寰錯愕的看著眼前額頭微禿、臉型方正的中年男子，他疑惑的問道：

「有什麼事嗎？」

「我們是警察，請你跟我們合作。」中年男子亮出證件，喬凌寰還來不及反應，就聽著他大喝一聲：

「搜！」

「慢著！你們在做什麼？」喬凌寰大吃一驚。

沒有人回應，其他的警察立刻上前架住了他，喬凌寰還完全搞不懂狀況，就被制住。他雖然想掙脫，不過對方是警務人員，他也不好作對，只好先乖乖配合，看他們要做什麼。

一名員警從他左側口袋拿出一個盒子，遞到方警官的面前，恭恭敬敬的道：

「警官，找到了。」

方警官打開盒子，看到裡面正是「海神的女兒」，他將寶石展示給喬凌寰看，並冷冷的道：

「人贓俱獲，你還有什麼話說？」

喬凌寰這時不大吃一驚都不行了，因為那正是他此行的目的，保護明天即將在美術館展出的寶石。而它竟然出現在此？

「這不是『海神的女兒』嗎？」

「你不用表現得那麼吃驚。」

啊！難道……

喬凌寰念頭一轉，轉頭尋找著梅亞里的身影，不過卻是徒勞無功。

「我們已經追了你好久，你以為偷了東西沒有人會知道嗎？」方警官握緊手中的寶石，「要不是我們這次在寶石的底座裝了追蹤器，以防有人將它竊走，還真不知道要怎麼抓到你呢！」

喬凌寰沒有再說什麼，他知道這時候多說無益。

「帶走！」

方警官揚手一揮，其他警察立刻上前想要將喬凌寰架住，喬凌寰冷冷的看了他們一眼，散發出來的威嚴氣息讓人停頓下來，不敢亂動。

見沒有人敢上前動他，方警官急了。

「你們在幹什麼？快抓住他呀！」沒有人敢動的話，他自己來。

「不用了，我自己走。」喬凌寰淡淡的道。

「那……就走呀！」被他的氣勢懾到，方警官連說話也失了魄力，他跟在喬凌寰的後面，反而像是帝王出巡，不少臣子隨侍在側。

而躲在柱子後面的梅亞里，聽到了他們的對話才恍然大悟，原來從她偷了寶石之後，就已經被人發現了，只是警方不曉得是誰偷走，才一直跟著寶石走，難怪他們始終在她身後盤旋，而沒有上前抓人。

還好她警覺性高，沒有讓他們抓住，如果再晚一步，被抓到的人就是她了。

算他倒楣，做了她的替死鬼，雖然那樣出色的男人被關起來有點可惜，不過人不為己，天誅地滅嘛！

拿出從他身上扒走的護照，她打開一看，上面有那個男人的名字，還有他的照片。

原來他叫做喬凌寰，能為她擔罪，也是他的榮幸了。

喬先生，再會囉！

※　　※　　※

喬凌寰正被請在警署裡頭「喝茶」，一張長方形的桌子，三、四張椅子凌亂的放著，他正坐在其中一張上，四周是灰色的牆壁，看起來森嚴冷峻。

任憑方警官——也就是抓住喬凌寰的那名中年男子——講得口沫橫飛、口乾舌燥，不斷偵訊喬凌寰，一副把他當賊似的篤定，喬凌寰依舊無動於衷，搞得方警官氣急敗壞，破口大罵：

「人證物證俱在，你還想抵賴嗎？」

喬凌寰不想跟他多解釋：

「該說的我都說了。」

「你說的全都是廢話！你說你今天才剛踏進香港，可是寶石卻在你手中？吹牛也

第一章

不打草稿，還不承認……」

「SIR，處長來了。」一名警員進來通報。

「威爾斯先生？他怎麼會來？」方警官驚愕的道。威爾斯先生是香港的警務處處長，掌管香港警政的事務，也是他們的上司，向來距離遙遠，怎麼會來？

「是我叫他來的。」喬凌寰淡淡的道。

「你……你什麼時候叫他來的？」方警官疑惑道，不明白喬凌寰跟威爾斯有什麼關係。

喬凌寰懶得回答，他在被帶進警署之前，就已經在外頭打過電話了。他向門口進來的一名有著一頭稀疏金髮，臉孔瘦削，留著山羊鬍的男子打招呼：

「嗨！威爾斯。」

「喬，你怎麼會在這裡？」聽到喬凌寰是因為偷這兩天準備在美術館展出的寶石而被抓，威爾斯相當訝異。

「我也不明白我為什麼會在這裡。」不過他的大腦已經給了他答案，這一定跟那個女人有關係。

「我們先出去再說吧！」

「慢著！」方警官嚷了起來，「威爾斯先生，他還不能走，他是偷走寶石的嫌犯啊！」

威爾斯看著他，笑笑的道：

「方警官，我知道你很認真，對這次要展出的『海神的女兒』不遺餘力，不過我想你也聽過，上面將派人來支援吧？」

「是啊！」

「那個人就是他。」威爾斯指著喬凌寰。

「啊？」方警官嚇到了，一頭霧水。

他們受命保護這次要展出的寶石，沒想到在展出的前一天就被偷了，他們好不容易逮到嫌犯，這名嫌犯竟是上面派來支援的人，這到底是怎麼回事呢？

※　※　※

喬凌寰坐進了賓士，他用力的關上了門。雖然在警署他的話不多，但他的脾氣可不似他所表現出來的那般冷靜。

「喬，小心點，我這車子可沒惹你。」威爾斯打趣的說道，喬凌寰可沒心情理會他的幽默。他在回想機場所發生的一切，還有那個女人。

見他沒說話，威爾斯繼續道：

「事情真是奇妙，這次找你來，本來就是想找你來負責這次展示的保護工作，沒想到『海神的女兒』竟然在開幕之前就被竊賊偷走，而你還成了嫌犯。你說，這是不是很奇妙？」

更奇妙的是，陰錯陽差的，「海神的女兒」又回到他們手中了。

喬凌寰將身子陷在柔軟的皮革座椅當中，不過腦筋可不得閒，他一直在想她站在他面前時，跟他說的話、做的事，她還靠他的身子靠得很近，幾乎可以聞到她身上的微微香氣……

莫非是那時候？他的眼睛瞇了起來，露出危險的訊息。

威爾斯又說了：

「對了，你怎麼沒有跟方警官講，你是被我請來支援的？」

「在發生這種事後，你認為他還會相信我的話嗎？」

威爾斯想想也是，他點起菸斗。「不過『海神的女兒』怎麼會在你手上？」

「對了，威爾斯，你可不可以幫我一個忙？」他文不對題。

「什麼忙？」

「幫我找一個人。」

「什麼人？」

「我也不知道。」

「啊？」

※　　※　　※

臺灣

梅亞里坐在浴缸，邊洗澡邊唱歌。這個浴缸可是她特別訂做的，躺上兩、三個人都沒問題，由她一個人使用似乎是太浪費了。不過洗澡本來就是要放鬆心情，所以她不惜花費巨資訂製，連浴室的裝潢都比平常來的浪漫，是採取巴洛克風格，彷彿是古世紀的優雅仕女。

她將整個浴缸弄得都是泡沫，又灑上了香精油，渾身浸在裡面，隨著歌曲及飄浮的泡沫，她的鬱悶感都消失了。

雖然得不到「海神的女兒」著實讓她懊惱了好幾個鐘頭，不過經過一番思索後，她也想通了。現在她是沒有辦法得到「海神的女兒」，不過可不代表以後得不到。國父都革命十次後，才在第十一次成功，那她也不能氣餒。

雖然說還要回去偷第二次……感覺滿丟臉的，不過喜歡的東西嘛！總是比較難得的，所以沒關係，她還有機會的。

泡夠了澡，她站了起來，拿過浴巾包裹住身子，再拿另外一條毛巾擦拭著溼漉漉的頭髮。

「鈴！鈴！」

她接起電話：

「喂？」

「亞里，是我，妳前幾天到哪去了？怎麼都找不到人？」梅亞希的聲音從另外一頭傳了過來，語氣透露著些許不悅。

「我？我去偷東西了嘛！」

「妳去偷什麼東西了？」

「我去偷『海神的女兒』了。」

電話那頭一陣錯愕……

「妳如果去偷了的話，那現在電視上正在報導展覽的那一顆寶石又是怎麼回事？妳製作贗品的工夫又進步了嗎？」要偷得天衣無縫，除了行竊之外，還得偷龍轉鳳，將真假對調，才不會引起騷動。如果梅亞里偷成功的話，那香港現在正在展出的那一顆又是哪裡來的？

「我沒偷成功，行了吧？」她倒是很乾脆。

電話那頭傳來一陣爆笑。

梅亞里感到惱怒，她嚷了起來……

「笑笑笑！笑掉妳的大牙！我就不相信妳沒失敗過？」失手對他們這一行業來說，是分屈辱，要不是看在自家人的分上，梅亞希是她的姐姐，她才不會說出去呢！

「咳……咳……」梅亞希笑岔了氣，連咳了幾聲，才道：「好了！我打電話只是要跟妳說一聲，格非斯要從我這裡離開了，這兩天就要到妳那邊了。」

格非斯是她們母親最小的弟弟，是中、義混血，由於年紀相仿，雖然是長輩，卻沒有代溝。

梅亞里遺傳了父親家族的相貌，一眼就能看出她是東方人，而梅亞希褐色的眼眸則顯示出混血兒的感覺。

「好啦！知道了！」她還在為梅亞希取笑的事情生氣。

「那就這樣囉！拜拜！」梅亞希掛了電話。

梅亞里吹好頭髮，換上衣服，將行李箱打開，裡頭都是她從香港帶回來的漂亮衣服。有高領束腰的端莊款式，也有露肩露肚的小可愛；有緊身貼臀的牛仔褲，更有蕾絲花邊的洋裙……

梅亞里滿意的將衣服收了起來，這趟香港之行倒也不算沒有收穫，如果寶石能在她的手上的話就更好了。

對了！不知道那個男人怎麼樣了？

梅亞里看著她放在床頭櫃的護照，重新將喬凌寰的照片拿過來審視，她想起她撞到他懷中的狀況，那時候沒有注意，現在仔細想想，他身上似乎有股淡淡的麝香味，混雜著男人的味道，刺激著她的嗅覺……

他那宛如神祇的面容，烙印在腦海裡，揮之不去……還有他那溫柔的聲音，像是美妙的樂音，在她耳邊迴旋……

啊啊！她是怎麼了？

她承認他長得很好看，也符合她的藝術眼光，她甚至有想把他「偷」回家的欲望……

欸欸欸？想男人想到這種地步，簡直不像她了嘛！她對他印象深刻，應該只是因為他像放在博物館裡的希臘雕像，那般的俊美，說不定哪天再看到比他更帥的男人，她就忘了他了。

將頭髮吹乾，梅亞里準備上床睡覺了。

※　※　※

除了職業有些特殊之外，梅亞里跟大部分女孩子一樣，平常喜歡逛逛街、買買衣服什麼的，百貨公司自然是不可或缺的場所。

化妝品部、女裝部、男裝部、飲食區……她胡走亂逛，有時候為了工作所需，她也會添購一些額外的物品。像是男裝啦！假髮啦！枴杖啦！她大概每隔一陣子就會增加一些行頭，以備不時之需。

遇到這種大採購時，就是她展現體能的時候了。所以在右手拿了兩袋、左手拿著三袋，肩膀還背著背包的同時，她依舊可以箭步如飛，穿梭在各個樓層之中。

拜平時的訓練所示，做賊的除了技巧之外，逃跑也是一門學問，要不然失風不打緊，被補的話，關鍵是所偷的東西也全都泡湯了。而跑步正是可以訓練體能的方式之一。

經過精品區時，她忍不住又駐足了。

「小姐，喜歡什麼需要我幫妳介紹嗎?」專櫃小姐馬上放棄兩個歐巴桑客人，向她走了過來。畢竟她見多識廣，見梅亞里全身上下名牌，又提著大包小包，肯定是個好客人。

梅亞里直盯著櫃子裡的一串水晶項鍊，項鍊在燈光的照射下散發出金黃色的光芒，像是在聖堂跳舞的小天使，正在誘惑她……

「我可以看一下這條項鍊嗎？」

「可以呀！」專櫃小姐取出項鍊來，開始滔滔不絕的介紹它的產地、質地、色澤、手工。「……這是Tiffany的首席設計師設計的，他的作品在第五大道的櫥窗都有擺設，而且妳看它的透度……」

「把它包起來。」梅亞里也不殺價，她看得出來這條水晶項鍊有它的價值，如果殺價的話，就太貶低它了。

「呃……好、好，您請稍等一下。」專櫃小姐又驚又喜，難得遇到這樣大方的客人，看來今天業績有著落了。她轉身過去包裝。

「啊！」

梅亞里被撞了一下，她回過頭一看，見是剛才那兩名歐巴桑，撞到她的那名口裡忙不迭的用臺灣國語道歉：

「歹勢、歹勢喔！」

「沒關係。」

梅亞里轉過頭來，專櫃小姐已包裝完成，梅亞里掏出信用卡，交易完成之後，心想收穫也差不多了，再多她也拿不動了。

滿足購物的欲望，那種痛快的感覺真好，理理手邊的東西，梅亞里開心的準備回家了。

就在她走出一樓大門之前，突然警報器大起——

「嗶！嗶！」

她驚愕的站在原地，不少客人也紛紛往她這邊探頭看，緊接著警衛走了過來，臉色嚴肅。

「小姐，請妳等一下。」

「有什麼事嗎？」

「妳手中的東西，請讓我們查查。」

梅亞里杏眼圓瞪。「幹什麼？」

「妳可能有些東西忘了結帳。」

「你在胡說什麼？你這是什麼意思？」

「請妳跟我們來一趟。」

「我不去，叫你們經理過來！」賴她是賊是嗎？就算是她做的她都不怕了，何況這次是百貨公司擺烏龍，她理直氣壯的大喊。

「那……請妳跟我們到經理室一趟。」

「有什麼問題。諾，幫我拿著。」梅亞里將手中的袋子往警衛身上一丟，警衛愣了一下，梅亞里見他呆滯，催促著：

「走呀！」

「喔！好、好！」

第一章

第二章

「經理，人帶來了。」

梅亞里來到經理室，那名警衛就退了出去，她立即覺得不對勁，不過她回過頭時，門已經被關了起來。

一名身材頎長的男子站在窗戶邊，正背對著她。

雖然看不到他的臉，僅有他的背影，不過他給人的感覺非常強烈、不容忽視，那逼迫的感覺正壓著她的胸口，有種不安的感覺……

那名男子緩緩轉過身來，露出俊秀的臉龐，還有不可忽視的氣勢……梅亞里退了一步，難以置信的叫了出來：

「是你？」

「海神的女兒」、機場、警察、護照……就是那個男人，那個很衰而應該被抓到牢

第二章

裡去關的男人，他怎麼會出現在這？除了震驚之外還是震驚，梅亞里感到大難臨頭。

「還記得我嗎？」他倚在窗臺，勾了勾嘴角，淡淡的道。

記得，怎麼不記得？誰叫他長了近乎不可思議的俊俏面龐，烏黑的頭髮在陽光照射下閃閃發亮，渾身上下都充滿了懾人的氣息。雖似漫不經心，但眸中所迸發出的精明目光不容忽視。

「你怎麼會在這裡？」梅亞里靈光乍現，「難道這件事是你策劃的？」目的是要將她送到他的面前。

「沒錯。」他從口袋拿出菸來，點火。

其實她早就知道答案了，只是從他口中確定仍極其震撼。雖然她很想逃，不過她知道就算逃也逃不了，他既然能夠設陷阱逮到她，逃出去還是會被他逮到。她只好選擇待下來，和他談判。

「你想做什麼？」

喬凌寰瞇起眼睛看她，那冷冽而精銳的目光，把梅亞里看得不寒而慄。「這麼快就失去記憶了嗎？梅小姐。」

「我不知道你在說什麼。」她裝傻。

「要不要我幫妳恢復記憶？這個月的三號下午兩點三十八分，在香港國際機場，妳不小心撞到了我，或者說，妳蓄意跟我有所接觸，好將『海神的女兒』栽贓到我身上。那一天妳穿著黑色上衣、藍色背心，戴了頂大圓寬頂草帽，還戴著墨鏡……」

哇塞！這男人記憶力怎麼那麼好？連她都忘了那天是怎樣的打扮，他還記得那麼清楚。

梅亞里重新打量喬凌寰，當初她就覺得他很與眾不同，沒想到他不但查出她的名字，還追到這裡來，看來……這個男人不簡單。

梅亞里雙手環胸，靠著牆壁，這樣她比較有安全感。

「那又怎麼樣？」既然已經被戳破，她也沒什麼好隱瞞了。她理直氣壯，抬頭與他對視。

「妳……一點悔意都沒有？」喬凌寰看著這大膽的女人，語氣極為輕柔，卻也十分嚴峻。

「你想要我道歉嗎？」

第二章

喬凌寰逼近了她，將她籠罩在他的陰影底下，他將她細細打量了一番。

從威爾斯手中接過從機場調出來的錄影帶，他早就知道她真實的容貌，可是這麼近距離的對看，還是頭一次。

沒有了墨鏡的掩飾，他這才發現她的眼睛明亮有神，黑水銀似的瞳仁閃著黠光，看起來十分古靈精怪。令他動心的唇瓣之上是小巧的鼻子，她的五官線條分明，相當精緻，猶如精美的瓷器，令人……想要把玩。

梅亞里同樣的感到不對勁，這男人靠她太近，讓她好不舒服，她想要將他推開，卻不敢碰他。

「你……你要幹什麼？」

如果說發誓上天下地都要找到她，是為了要進行報復，那喬凌寰就不能解釋望著她潤澤而泛著粉紅色色澤的唇瓣而引起的慾望是什麼了——他朝那弧線優美的檀口吻了下去。

轟然！

梅亞里一愣，她張大了眼睛，整個人無法動彈。她的意識彷彿抽離了這個世界，像是在夢中。

他的呼吸噴在她的臉上，他的唇……好用力、好溼潤，霸道的擒住她的唇瓣，用力的吸吮，吻得她好痛，原先離開的感覺又回來了。

羞慚襲上她的臉蛋，梅亞里用手抵在他的胸前，用力的想要推開他，但是他的力氣好大，不但沒有移動半分，甚至將她的雙手捉住。

「唔……」

她想要將唇瓣抽回，他卻逼了上來。由於她的背後就是牆壁，根本無路可退，情急之下，她咬住他的嘴唇，喬凌寰吃痛才放開了她。

梅亞里得到解脫之後，大口的喘著氣，她驚懼的看著他，他舔著受傷的嘴唇，寒峻的眼神露出責備，那令她怵然一悸，下意識的奪門而出。

喬凌寰沒有追出去，望著她離去的目光卻熾熱起來。

※　　※　　※

臉好燙，身體也好熱，心更是跳得有如萬馬奔騰，快要從喉嚨迸發出來。她應該

第二章

感到羞辱才是，可是卻有股興奮充盈著。

怎麼了？她是怎麼回事？

從來沒有一個男人靠她靠得那麼近，從來沒有一個男子，敢如此大膽的侵略她的身子，他的呼吸、他的體溫都和她那麼貼近，像是要將她吞噬似的。

彷彿有種不曾體驗的自己被他發掘，那異樣的感受令她又驚懼又亢奮，也對他害怕起來。

天！她是惹了個什麼人物？

驚魂未定的回到自己住處，想說可以好好歇息，放鬆一下緊繃的情緒，梅亞里取出鑰匙，打開了家門——

咦？

她牆上那幅維多利亞時代的畫呢？在玻璃櫃裡十八世紀的花瓶呢？還有象牙做的鏤空相框呢？原本應該有那些東西擺設的位置，此時卻空空如也。

「啊！」

她尖叫一聲，衝了進去，將所有的門都打了開來，不論是房間、浴室，她心愛的珍品全都不見了。

所謂的珍品，就是她從世界各地偷回來的寶貝囉！這是怎麼回事？東西都不見了！這是怎麼搞的？她遭小偷了嗎？她這個家雖然沒有守衛看著，但也有不少保全設備，底下還有管理員才對，怎麼東西會不見了？

梅亞里錯愕不已，今天出門時還好好的呀！怎麼一回來全變了調了？

她是個小偷耶！竟然還被闖空門？是哪個不長眼睛的傢伙？竟然敢在太歲頭上動土？氣急敗壞的梅亞里環視著四周，看還有什麼損失。

背後傳來聲響，她一回頭……倒吸了一口氣。

「你……你怎麼會在這？」

「妳忘了妳的東西了。」喬凌寰譏誚的道，將她在百貨公司掉的袋子全放到玄關。

「你跟蹤我？」被他發現他出現在她家裡，梅亞里嚇得有點心神失序。

喬凌寰走到沙發前坐了下來，彷彿他才是這個家的主人。

見他沉穩、泰然，又從香港追她到臺灣，還設計百貨公司的事件，梅亞里心頭閃過一絲什麼，她不安的問道：

「我的東西……是不是你把它們拿走了？」

「對。」

「真的是你？」她尖叫起來，「你把它們放到哪裡去了？」

「物歸原主。」

他簡單的四個字堵得她無話可說，沒錯，她所消失的東西都是她偷來的，可是……好歹也是她費盡千辛萬苦、耗盡心力得來的啊！

「你怎麼可以這樣？」她氣得咬牙切齒。

「那本來就不是妳的，不是嗎？」

「對……對，可是它在我手上就是我的了，你憑什麼把它偷走？」

喬凌寰幾乎想笑出來，她這個小偷可真可愛，只准她偷別人的東西，不准別人偷她的東西。雖然一心想找她報復，可是看她驚慌失措的無助模樣這麼有趣，那股怒意稍稍降低。

梅亞里見他在笑，羞得無地自容。他這樣子好像是老師在教訓做錯事的小孩，讓她慚愧不已。

「好，就算是我的錯，是我的不對，」她的姿態放低了，「我不該把『海神的女兒』放到你身上，讓你被警察抓去，不過你也很奇怪，你要什麼補償直說就是了，幹嘛要這樣對我？」

喬凌寰只是揚起優美的唇線，泛著笑意，並沒有回答，他高深莫測的樣子讓她更覺恐怖。

「你到底想幹什麼？」

他的目光深邃，相當難解，她讀不透他的心思，她覺得她像是網裡的獵物，正不安的看著已經將她擒獲的獵人……

「鈴！鈴！」

電話突然響起，梅亞里嚥下唾液，見他沒有動作，她以他為圓中心，繞最大距離過去接電話。

第二章

「喂？」

「亞里，妳再不來接的話，我就要掛了。」親切溫柔的聲音傳了過來，夾雜著外國腔，梅亞里情不自禁的叫了出來：

「格非斯？你……你怎麼會打電話過來？」

「妳忘了我要過來嗎？」

啊！她真的忘了格非斯要過來，被喬凌寰一搞，她什麼都忘了。

不行！格非斯不能過來，要是被喬凌寰知道格非斯也是個賊的話就糟了，她焦急起來。基本上，梅亞里的職業，跟她的「家族事業」脫不了關係。

「不、不要，你不要過來！」

「啊？」

「我……我還有事，等會再跟你聯絡，再見！」她倉促的掛了電話，不想讓格非斯捲入是非。

「不趁機求救？」喬凌寰的聲音在她身後不到半尺，梅亞里跳了開來。

「你……你不要過來！你再過來的話，我就要報警了！」

喬凌寰還是那一副無所謂的表情，反倒讓梅亞里懊惱不已。

她最討厭的就是跟警察打交道，真的報警的話，她要怎麼跟警察解釋來龍去脈？她動彈不得。

「忘了號碼嗎？」喬凌寰必須忍住笑意，才不至於讓她發現自己的情緒。

他沒有料到她是這麼一個有趣的小玩意，本來以為她是個惡劣的壞東西，抓到她之後，應該好好的鞭打一番，然後再遊街示眾才能消除他的怒氣。不過到目前為止，他還不想跟其他人分享她……

而原本陰鬱的心情被她一再有趣的反應逗得開心起來，喬凌寰都很訝異自己的反應。

不過他還不能放過她，他還不能，他要她為她的所作所為付出代價。

「滾……滾開！」梅亞里惱羞成怒。

「基本上，我這個人比較喜歡用走的。」

第二章

「那你走啊！快走！」

「不過……妳得跟我一起走。」他一把拉住她的手肘，讓她動彈不得。

「我為什麼要跟你走？」她驚懼的想要擺脫他。這男人太恐怖、太危險了！

喬凌寰沒有說話，逕自將她往門口帶，梅亞里不知道他要帶她到哪裡去，也不知道一旦被她帶走之後，她還回不回得來。

她開始後悔惹上他了。

「放開我！」

他似乎沒有聽到。

「我叫你放開聽到了沒？」她再度吼道。

他還是沒聽到。

眼看已經被拖到大門，再這樣下去的話，她就沒命了。於是顧不得一切，她開始叫了起來：

「殺人了！放火了！救命呀！」

她不叫還好，她一叫，喬凌寰竟然把她扛了起來。

「你在做什麼？放開我！」她又氣又羞，「住手！你這個混帳！把我放下來！」梅亞里放聲尖叫！她又捶又打，喬凌寰絲毫不為所動。任憑她如何掙扎，依舊無法掙脫他的控制。

這男人到底想要做什麼？竟然敢綁架她？雖然她是個小偷，但畢竟仍是個弱女子，在喬凌寰粗暴的手段之下，即使她死命抗拒，依然是徒勞無功。

梅亞里的尖叫聲引起同層住戶的注意，這裡是高級公寓，能住在這裡也算是有頭有臉的人，會是誰為了什麼叫得如此悽慘？不少人紛紛打開門來觀看。

喬凌寰都不在意，在走到電梯前時，梅亞里攀住牆壁，死都不肯進去。

「救命呀！綁架呀！」她尖叫。

喬凌寰感到不少敵意的目光向他投射而來，已有幾個男人從家裡走了出來，他還聽到幾個嚷著報警的聲音，他沒有反應，淡淡的道：

「她是我老婆。」

梅亞里一驚，尖聲怒吼：

「誰是你老婆呀？」

本來準備前來搭救的男人們聽到喬凌寰這麼說，都露出恍然大悟的表情，並投給他一個同情的眼光，然後轉身離去。

梅亞里倒吸一口氣，差點被這男人的詭詐氣暈過去。

「放開我！」她怒吼。

「放手。」喬凌寰淡淡的道。

「我不放。」她的手抓得牢牢的。

「那我要放了。」他做勢要將她往地上摔，梅亞里怕真的跌倒，反而緊緊抱住他的脖子。

喬凌寰幾乎失笑，她這模樣還真滑稽，不過他不會忘記她對他的所作所為，所以還不能放過她，他不能破功。他自認對女性還算尊重，要不是這女的實在太可惡了，他也不會這麼對她。

梅亞里終於放棄了，她死心的道：

「你要帶我去哪？」

「我家。」

她一愣。「你家？為什麼？」

「要不然把妳送到警察局也是可以的。」

梅亞里不再說話。

※　※　※

梅亞里搞不懂這個男人到底在想什麼，既然他對於她栽贓給他的事情那麼介意，那乾脆送她到警察局去算了，幹嘛還要把她帶他到他的家裡？莫非他想對她做什麼？動用私刑嗎？

想到這裡，她不寒而慄。

在他的車上時，她一聲都不敢吭，就怕惹惱了他，他又會對她做出什麼事來。他對她的教訓很明顯，不是嗎？

第二章

和他在一起好有壓力，跟她最初的印象完全不同。

他拎著她來到天母郊外的一棟別墅，兩層高的房屋，象牙白的牆壁，園中植物顯得生機蓬勃，再加上依山的優雅環境，很難想像住在這麼美麗的地方的人會那般嚴峻。

車子進入一道厚實而具有花紋的美麗鐵門，順著圓型的花圃駛到了車庫，裡頭的空間比在外面看到的更大，梅亞里不自覺的打量起來。

喬凌寰下了車，吩咐：

「進去。」

在如此強大的氣勢威逼之下，梅亞里也只能乖乖聽話。

梅亞里一進到屋內，馬上被裡頭的一切吸引，裡頭採用的是歐式裝橫，櫸木地板、檜木的壁飾，整體顯得高雅大方。厚重的沙發擺在火爐前，不過火爐並沒有使用的跡象，純粹只是裝飾罷了。

她看得出來裡頭有些東西價值不菲，都是極品，像電視上那隻龍鳳是由藍田玉琢磨而成，牆上的一只吊鐘是英國十九世紀的產品，就連地上踩的地毯都是頂級貨，原本鬱悶的心情開始興奮起來。

他偷了她的東西，他就得付出代價。

現在她是落在他手中沒錯，不過不代表會永遠困在這。等她逃走的話，她要他好看。

想到這裡，她的心情好多了，再加上見獵心喜，先前的鬱煩一掃而空。雖然心中雀躍，不過她並沒有表現出來，依舊維持冷漠的態度。

「喝一杯嗎？」喬凌寰倒了一杯酒放到她面前。

梅亞里警覺的看著他，喬凌寰絲毫不引以為意，反而輕鬆的道：

「放心，沒有下毒。」

「你到底想要做什麼？」梅亞里開口問道。剛剛在路上沒有時間好好談話，現在既然他們坐下來了，她也就發問了。「你明明知道我是小偷，是我栽贓給你的。為什麼不把我送到警察局？」

「就算真的把妳交給警方，也只是多此一舉而已。」既然她可以潛入各種戒備森嚴的博物館、美術館、富商豪氏、高樓大廈，那當然也可以逃出世上各個監獄、牢房。而最安全的地方，就是他的身邊。

他已經把她的基本資料查過了。

「你把我帶來這裡有什麼居心？」

喬凌寰坐了下來，啜飲他手中的威士忌，他不想讓她知道他的心理，他並不想把她交給警察，不想她落到別人的手上，又不想放她走……

「妳寧願我把妳交給警察局嗎？」他避重就輕的道。

「你……你到底是誰？」

「我的護照被妳偷走了，妳還不知道嗎？」

「我當然知道你的名字，可是你竟然神通廣大找到了我，我看你也不是普通人物。」她開始在腦中思索整理，梅林曾經警告他們不可碰觸的人有哪些，像是美國的道格拉斯警探、臺灣的李昌鈺，還有……

「還比不上妳的神乎其技。」

「你也不必諷刺我了，反正今天我落到你的手上，要殺要剮隨便你。」她豁出去了。

「這麼乾脆？」

梅亞里覺得她說錯話了。因為她看到喬凌寰的眼神為之一變，像是黑暗之中，突然迸出火花，他直勾勾的看著她，那濃烈而洶湧的情愫，像是要傾洩而出。

「你……你打算怎麼做？」她要問清楚。

「這麼說吧！我不會這麼簡單就放過妳的。」坐在她對面的喬凌寰，將手肘撐在餐桌，下巴枕在手背上，威脅的語氣卻以慵懶呈現。反正她已經落在他手裡了，彷彿抓到她的小辮子，可以對她為所欲為。

梅亞里望著他深邃的眼眸，像是置身於無邊無際的夜空，既神祕又幽微，她有些著迷暈眩……再看到他將杯緣靠近嘴唇，輕輕的碰觸著，想起他那狂野的舉動，像占有什麼似的擒住她的嘴唇，掠去了她的吻……

她的雙頰倏的泛上紅潮，雙眸一黯，羞澀感令她心頭狂亂不已，她慌張的站了起來，想要逃離。

「反悔了嗎？」身後的男人問道。

「我只是想要去洗手間。」白痴才會在他面前逃走。

「後面那個走道走到底，最後一扇門就是了。」

不過梅亞里離開的狀況，也跟逃跑差不多了。喬凌寰看著她倉惶的逃離現場，彷佛他是什麼洪水猛獸似的，不覺笑了出來。

很好，他已經讓她知道掌控大局的人是誰。

※　　※　　※

梅亞里望著鏡中的自己，有些不能理解。

為什麼她臉頰泛紅、氣喘不已？那樣霸道的他為什麼有著柔軟的唇瓣？害她有些心動……

雖然不肯承認，但他對她的震撼的確很大，不只是他無預警的突然出現在她眼前，還有他彷佛百步蛇似的，倏的攻進她的心防，布下毒汁……

洗過臉後，走了出去。

至少這傢伙還有點良心，沒有虐待她什麼的……竟然還邀請她共進晚餐？

在用餐的時候，梅亞里望著潔白的桌巾上擺著義式料理，所使用的餐具也是高級瓷器，上面有美麗的花紋，看來這個人對吃食挑剔得很。

話說人都落到他手上了，再緊張也沒用，兵來將擋、水來土掩，怕什麼？

梅亞里不理會喬凌寰，逕自吃了起來。

喬凌寰瞧她吃得唏哩呼嚕的，食物相當美味似的，十分有趣。誘得他忍不住直盯著她，沒有動箸。

不過梅亞里可不這麼覺得，她察覺喬凌寰一直在瞪著他，讓她十分尷尬，她停了下來，惱道：

「你在看什麼？」

喬凌寰沒有回答，不過眼角有笑意。

「你到底要不要吃東西啊？」

「我正在吃呀！」他淡淡的道。除了嘴巴，眼睛也在品嘗秀色。喬凌寰發現自己的心逐漸變得柔軟。

為了轉移他的視線對她造成的影響，她道：

「你的眼光不錯嘛！這餐具是十九世紀歐洲王公貴族最喜愛的花色，平常人家得不到的。你竟然把它拿來使用？」

「東西就是要使用，如果只是一直收藏著，就失去了它的價值。」

這點倒是跟她很像，梅亞里不由得暗暗讚許。就算古董再名貴、再有價值，如果一直塵封起來的話，也跟廢物差不多。

「你不怕被偷？」

「就算是小偷的話，也是進得來、出不去。」他另有所指。

「哼！世界上只要把東西藏起來，就有小偷，不過就算藏得再隱密，也還是有被偷的一天。」

「妳很有自信。」

「我只是最近比較衰而已。」她睨了他一眼，低下頭吃食物。

「這樣吧！」喬凌寰放下刀叉，淡淡的道，「妳如果能夠從這裡逃出去的話，我就不計較妳對我所做的一切。」

「真的？」她驚喜的抬起頭來。

「不過要靠妳自己的力量，不能向外面求救。」

「那當然。」她說得慷慨激昂，這可是關乎到她的面子。

「時間只有三天，如果這三天妳逃不出去的話，妳可得要有心理準備。」

「我一定逃得出去的！」她信心滿滿。

「如果不成呢？」他手肘撐在桌上，手掌托著腮幫子，眼含深意的看著她。見他一派輕鬆的模樣，梅亞里不禁氣惱，脫口而出：

「到時隨你便。」

「真的嗎？」

「我說話算話。」

他的挑釁讓她渾身不舒服，就算只剩一口氣也要逃出去，她對自己有信心。喬凌

第二章

寰饒富興味的看著她的反應，將酒杯湊到嘴邊。

第三章

眼前是一間大方豪氣的房間，原木的裝橫及木質的細紋令人聯想到南美洲的叢木，顯得狂野不羈，中間那張床看起來很柔軟，也很寬大，大到足以躺上兩個人還綽綽有餘。

「這是什麼地方？」

「我的房間。」

梅亞里嚇了一跳，幾乎是尖叫起來。

「你把我帶到你的房間做什麼？」

「妳既然要逃跑，就應該先好好的休息，不是嗎？」他說著也走了進來，鬆開胸前的釦子，走到床邊，就要躺在床上的樣子。

梅亞里一陣羞赧，怒道：

第三章

「你……你不要胡來！」

「妳以為……」他走到她身邊，身上所散發出來的體溫幾乎要炙燙她，梅亞里退了一步，「我想對妳做什麼嗎？」

她的雙頰一紅，想要平息擂鼓般的心跳，她惡狠狠的道：

「你少臭美了。」

喬凌寰只是沉笑一聲，朝房間的另一道門走了過去，梅亞里看到他打開門，走到一間類似是書房的地方，然後關起來。

她鬆了一口氣，也有點……失望。

她對他沒吸引力嗎？

唔？她在想什麼呀？竟然對他的反應感到失望？她是哪根經出錯了？雖然他自始自終並沒有對她做出令人髮指的事，有時候笑起來的樣子也還滿好看的，不過還是不能抵過他對她的所作所為。

她應該恨他的，不是嗎？

他以為她在他隔壁的房間，她就不敢亂來嗎？那他可猜錯了。

她等了又等，深怕他會突然再闖進來，等了好一會兒，確定沒有動靜後，才推門出去。

這裡是二樓，她走下樓梯，藉著柔和的夜燈，她看清了通道，大門就在眼前，不過門上有警鈴設備，只要她不注意的話就會被發現，不過那只是小意思，一點也難不倒她。

她朝大門走去，又停了下來。

她望望前面，又看看四周。

逃生的道路就在眼前，而客廳內的寶物似乎正在呼喚著她，體內的偷竊因子又隱隱活躍，讓她佇足不前。

好歹要拿點補償吧！梅亞里做了決定。

那麼，挑選什麼好呢？牆上的吊鐘大笨重了，地毯也不好帶走，就拿那只藍田玉石好了。它的龍鳳雕刻美麗、大小適中，容易帶走，梅亞里上前伸手，準備取走——

第三章

手指還沒碰到玉呢！突然之間，敏感的手指傳過一陣熱流，室內頃刻間燈火通明。

梅亞里大吃一驚。她一轉身，喬凌寰正站在樓梯口。

「遊戲開始了嗎？」喬凌寰站在樓梯上，居高臨下的看著她。

「你……你不是睡了嗎？」

「要離開還不忘帶點紀念品啊？」他的嘲諷讓她面紅耳赤，無話可說，咬牙切齒的道：

「你怎麼知道我要走了？」

「妳自己看看吧！」他從樓梯上走了下來，從口袋拿出一副眼鏡，梅亞里不知他想幹什麼，但還是戴上了。

待她戴上眼鏡之後，她才發現她剛剛簡直是愚蠢至極，這是一副紅外線眼鏡，這時候她才看到整間屋子在幾個走道都有紅外線警示，尤其是她想偷的幾件東西都被紅外線保護著，只要接近五公分就會啟動警鈴，剛剛她還想偷東西，簡直是異想天開。

那麼……從她一離開房間，就被他發現了？

梅亞里狠狠的取下眼鏡，惡狠狠的瞪著他。

「這不算！你說我得靠自己的力量逃出去，可是你卻藉助這些科技工具來阻止我。一點都不公平！」她嚷了起來。

「喔？」他挑高了眉。

「如果你真的有心讓我逃走的話，有本事就靠你自己的力量來逮我，而不是只會躲在後面遙控。」

「生氣了？」

「本來就是嘛！我在明，你在暗，如果你一開始就不打算讓我逃走的話，就不該玩弄我！」她的臉頰因動怒而染上薄紅，那個樣子反而像是……嬌嗔。

「那妳認為該怎麼辦？」即使被她斥責，喬凌寰還是很享受。

「有本事就把所有的保全系統撤除，用你的實力來捉我，這樣才公平。」

「好，就這麼說定。」

第三章

啊？這下換梅亞里傻了，他答應得真乾脆。

「我會解除所有的警報，讓妳逃出去，然後由我親自動手。不過時間還是一樣，只有三天。」喬凌寰轉過身，走了上去，還不忘丟下一句：

「那只龍鳳玉就送給妳了。」

※　　※　　※

梅亞里待在房間，哪裡也不敢去，只是看著玉石發呆。

誰知道那傢伙會不會又設了什麼陷阱等她入甕？等拖過了這三天，他不知道會怎麼對付她？

不過……他應該不是那種小氣之人，那麼爽快的答應她解除所有警報，又送了她這只玉石，他到底是怎麼樣的人？

她從床上坐了起來，緊皺著眉頭。

她應該討厭他才是呀！可是手裡握著龍鳳玉，還有心底莫名滋生的情愫……不是說他送她東西她就會對他有好感，而是他的態度讓她困惑，他的若即若離、又霸道又溫柔的雙重個性讓她感到矛盾，不禁對他充滿好奇，是什麼樣的男人，會有這種兩極化的表現呢？逃亡的念頭遲疑了起來。

很快地，體內的警鐘響起，梅亞里暗暗喝斥自己的鬆散。她在想什麼？逃，當然是要逃了，對！不能因為他對她有一點善意她就投降了，搞不好這是他的計謀，想將她困在他的身邊呢！

他的身邊……為什麼？

奇異的念頭又令她困惑起來，梅亞里腦袋有些渾沌，她這是怎麼了？……哎哎！不管如何，她真的累了，既然今晚逃不成，還是先睡吧！

這次她真的躺在床上睡著了，還發出了鼾聲，連房門被輕輕打開的聲響都沒聽到。

喬凌寰站在那裡宛如石雕，英姿勃發，而這名朗朗男子，眉宇間有著困惑。望著她熟睡的面孔，完全不設防的純真模樣，就跟他第一次和她碰面的時候一樣，令人怦然心動。

他明明相當火大，討厭她、氣她竟然設計他，恨不得打她的屁股，要聽到她聲嘶力竭的討饒聲他才滿意，可是那強烈的情緒卻不是那麼一回事，他還是想抓她，想要她這個人，包括她的心……

在睡眠中的梅亞里似乎察覺到有人在看她，她不斷做著夢，夢到她想要得到的那顆水藍色的寶石……

而那顆寶石裡，有著一張她既想逃避，又想得到的臉……

※　※　※

將身體踏出窗外，梅亞里計算從窗臺到樹枝的距離，那樹枝的大小應該可以支撐她的重量，不過加上她一躍而起的重力，就有點問題了。

總得試試看，要不然坐困愁城也不是辦法。

現在還不到六點，天色微涼，空氣中還浮著微微的溼度，趁著一般人還沒起床的時候，逃出去最方便。

深吸一口氣，躍了出去——

俐落的身手抓住了樹枝，衝力使得身子往下沉了沉，梅亞里緊抓著樹枝不放，然而不可抗拒的地心引力直拉著她往下掉，她聽到「啪啪」的斷裂聲……

哇呀呀！

雖然明知在二樓，掉下去死不了的，但是這樣掉下去不跌斷骨頭也扭到腳，忍著從喉嚨發出的尖叫聲，她閉起眼睛蜷縮身子，企圖將傷害降到最低……

砰！

出乎意料的，她落在一個溫暖又厚實的懷抱中，阻止了她跟大地接觸的機會。

她睜開眼睛，哇啊！她嚇得身體往下掉，這次沒有任何阻擋，她的屁股結結實實的跌在地上。

好痛！

「妳一定要達成目標才甘願嗎？」他的嘴角浮起笑意。

她惱羞成怒。

「你在這裡幹什麼？」她以為他還在睡覺呢！

「這裡是我家，不是嗎？」

第三章

梅亞里這時才發現他穿著運動服，額上還有著汗水，不知是不是清晨薄霧的關係，他的線條顯得柔和許多，在曙光的照耀之下，泛著淡淡的光輝。在他的高大身形之下，她突然有另外一種悸動……

「那你為什麼不抱好一點？」她從草地上爬起來，低著頭拍拍屁股，不敢看他的眼睛。

「是妳自己掉下去的。」

梅亞里無言以對，氣死人！為什麼她在他面前就矮了一截？

他的嘴角有著令人氣結的好看笑容，梅亞里好氣他這種從容、淡然，彷彿她是隻被積水困住的螞蟻，不論她怎麼做，都在他的掌握之間。

「你是不是暗地裡等著看我的好戲？等著我出糗？如果你輸不起的話，就不要隨便打睹！」她口無遮攔的指責，走在她面前的喬凌寰身體突然變得僵硬，轉過身來。

梅亞里嚇了一跳，他的表情凝重，眼神銳利，看得出來他相當不開心。

「我說到做到。」

他生氣了嗎？梅亞里不敢再說話，偷偷瞄著他，直到他轉過身去，重拾溫和語氣：

「如果妳運動結束的話，可以進來吃早餐了。」喬凌寰走進屋裡。

呃……他不生氣了？

雖然逃跑很重要，但是肚子餓更重要，吃飽了，才有力氣逃走嘛！她一定是沒吃早餐才會精神不濟，然後被他抓到的。

梅亞里跟在他的身後，走了進去。

※　※　※

梅亞里見喬凌寰站在廚房裡面，俐落的拿著平底鍋，又丟了兩片培根下去，空氣中泛著食物的香味，不禁愕然了。

「桌上有果汁。」他像是背後長了眼睛似的，對她說道。

他會做菜耶？梅亞里有些不可思議的看著他。她都不會拿鍋鏟了，何況下廚？她坐了下來，拿起桌上的果汁啜飲。

「你剛剛在運動嗎？」

「我出去慢跑。」

「那你怎麼會在那麼剛好的時間回來？」

「妳逃不出去的。」他轉身，將剛烤好的吐司盛在盤子裡給她。

「誰說我逃不出去？」她抗議起來。

「妳可以再試試看，不過只剩下兩天了。」他提醒她。如此嚴重的事情從他口中吐出，彷彿只是在討論日常生活天氣變化等事情。

梅亞里瞪著他，吃起吐司來。時間消逝得很快，她又碰到這個難纏的傢伙，想要從他手中逃走，彷彿比登天還難。儘管如此，她還是不服輸，她絕對不能讓他看輕，她要證明給他看。

門鈴突然大作，喬凌寰放下手邊的工作，透過對講機看到外面的狀況，將鐵門打開，一輛車駛了進來。

「威爾斯，你怎麼來了？」喬凌寰站在門口等他。

「當然是有事情才來找你。」威爾斯走了進來，見到一顆好奇的頭顱從廚房一閃而逝，看起來是個女人。心下有些訝異，不過沒空搭理，他忙道：

「你知道『海神的女兒』被偷走了嗎？」

「什麼時候？」他有些訝異。

「兩天前。」

「查到什麼線索了嗎？」

「沒有，對方的手法非常的職業化，連錄影機都被他動過手腳，也查不到任何指紋。」

這樣就跟梅亞里沒關係，她這幾天都在臺灣。喬凌寰瞄了一下裡面，梅亞里躲在廚房沒有出來。

「你來找我，不光只是來通知我這件事吧？」

「沒錯。『海神的女兒』隸屬於香港銀行，是銀行的產物，現在它從銀行被偷走了，銀行方面相當緊張，再加上上次展覽是由你保護，沒有宵小敢動手，希望你能幫他們追討回來。」

「展覽已經結束了。」

「我知道，不過銀行董事有幾個和我熟識，他們也允諾提供相當的報酬，就是希望你能幫他們找回來。」

喬凌寰不是不答應，既然寶石他曾經手看管，又是威爾斯前來說客，他當然不會拒絕。只是他不想讓梅亞里再涉入。

「喬？」威爾斯見他不語，催促著。

「香港警方沒有線索嗎？」

「他們查到一個叫作格非斯的國際竊賊曾經進出香港，就束手無策了。這個竊賊平常在歐、美行竊，很少出現在亞洲，這次『海神的女兒』被盜，大家都很緊張，深怕他還會再下手。喬，你會幫忙吧？」

格非斯？他挑起眉頭。這個名字曾由梅亞里的口中吐出過。

「我知道了。」

「喬？」他還不知道他要不要幫忙。

「我還沒決定。」

「看在我們是老朋友的份上，你就不能幫忙嗎？」威爾斯不明白他什麼時候變得扭扭捏捏起來了。

喬凌寰有種感覺，那個格非斯跟梅亞里一定有什麼關係……這個念頭讓他不太舒服。

「我再跟你聯絡。」

「我希望你能想想。那我還有事，先走了。」威爾斯走了出去，打開車門，喬凌寰走了出來，攔下了他。

「等一下。」

「你答應了嗎？」威爾斯高興起來。

喬凌寰沒有講話，只是繞著他的車子走了一圈，見到輪胎的負重量不對，他在車子的後方停了下來，然後嘴角揚起，沉聲的道：

第三章

「出來吧！」

威爾斯正在訝異，緊接著，他的車子的後車廂開啟了，一名少女爬了出來，約莫就是他剛才看到的那顆頭顱的主人吧？不過……她看起來有點眼熟。

梅亞里瞪了他一眼，從鼻子裡哼了一聲，心不甘情不願的爬了出來，走了進去。

等她進到屋內後，威爾斯才道：

「那個女的是……」

「沒有別的事的話，你可以走了。」

威爾斯知道他在下逐客令，摸摸鼻子走了，不過他還是覺得那女的很眼熟，他一定在哪裡看過她。

※　※　※

梅亞里又氣又悶，每次都敗在他的手裡，她當然很不服氣。她不信，她一定要逃給他看，等她逃出去後，她一定要再回來在他面前炫耀……

呃？她在想什麼呀？她還想跑回來幹什麼？她是腦袋秀逗了是不是？

害她還以為可以逃出去，想說機不可失，連早餐都沒吃完，她憤憤的回到餐桌前，藉著食物洩恨。

「小心噎著。」

喬凌寰的好意在此刻看來全是風涼話，梅亞里不理他，一直到吃飽才滿足。

見他悠閒的看報吃早餐，相較於他的從容，她就太急燥了……不行！不能讓他影響自己，每次看到他都會讓她牽動情緒，說不定就是如此，她才被他摸得那麼透澈。

「我吃飽了。」她站了起來，朝二樓走去。

喬凌寰將報紙移了些許下來，看著離去的她，雖然她的舉動很孩子氣，但他的眼睛仍充滿笑意。

有她在，生活變得很有趣。

回到房間的梅亞里將自己丟在床上，腦筋不停運轉。

她究竟要怎麼樣才能逃過他的法眼？難道她這輩子注定栽在他的手上嗎？她不甘願。又或者，她的方式都錯誤了，真正的出路，其實在他身上……

靈光一閃，她坐了起來。

不是有招叫美人計的嗎？她怎麼給忘了？硬的不行，就該來軟的嘛！

想到這裡，她不禁興奮起來，不過沒多久，她的臉又垮了下來。

行竊這麼多年，都是趁人不注意或半夜進行的，這一次要從喬凌寰的身上下手，騙取他的信任，還是頭一遭，要怎麼做啊？

梅亞里暗暗叫苦，不過還是得試試看，如果能成功，讓他屈服在她底下，那感覺一定很棒。

想到此，她莫名的興奮起來，眼裡閃著她自己都沒察覺的光輝。

第四章

喬凌寰在浴室沖澡，洗去適才運動過後的汗水，蓮蓬頭灑下的水陣滑過他的肌膚，順著他結實的肌理滑了下來。深褐而泛著閃光的肌膚，顯示他常曝晒在太陽底下，而塊塊健美的肌肉，是運動鍛鍊出來的。

關了水，他走了出來，隨意套上褲子便坐在書房的沙發上，將腳跨在茶几上，狀態極為悠閒。

為了客人來臨，他的書房也有一張床鋪和衛浴設備，平常很少用到，現在他的書房讓給梅亞里，他就暫時在這兒休憩了。

雖然他將整棟屋子的保全關閉，但屬於本身的警覺能力還是存在，他可以察覺每一個不尋常的變化、不平常的聲音，所以他能掌握她的每個行動，就如同她現在正在他門口走動。

既然如此，當初又為什麼會被她陷害？

第四章

喬凌寰苦笑了一下，他不能否認當初見到她時，心神受到震撼，才沒注意到她的小動作。現在她就在這間屋子，和她同處這個空間，她的每個呼吸、每個心跳，他都聽得到……

腳步聲在門口停下來，喬凌寰仍沒有動作，過一會，門打開了。

這便是梅亞里一開門就看到的情況，他的上半身和下半身以完美的比例展現在她眼前，慵懶的樣子更讓人害怕，彷彿是隻正在歇息的豹子，那雙眼睛仍充滿銳利，隨時有爆發的可能。

「呃……」她嚥了下口水，貪婪的看著他裸露的肌膚，想像著指尖撫摸的感覺，那股充滿力與美的誘惑令她心頭一動。

等等，她在幹嘛！她搖了搖頭，她是來釣他的，怎麼反被他釣去了？

喬凌寰看她這樣，不禁好笑起來。

「有什麼事嗎？」

「喔……」她清了清喉嚨。「我只是來跟你談談的。」她踏了進來。他的書房跟他的臥房風格一樣，都是以原木裝潢的，奔放、粗獷。

「嗯？」他雙手交叉，放在腦後，饒富興味的看著她。

「其實……你只是生氣我對你做的事情，想要給我個教訓，要不然你早就把我交給警察，而不是把我帶到這裡了，不是嗎？」她一改針鋒相對的態度，語氣變得柔和起來。

她說對一半，雖然他不相信她會這麼輕易反省，她的眼神在閃爍，不過他想看看她的把戲。

「反正事情都過了那麼久，再氣也沒有用，你就不要再計較了嘛！」她的聲音又軟又嗲，連梅亞里自己雞皮疙瘩都要起來了。

「如果……我就是這麼小心眼呢？」他打趣問道。

厚！這個男人怎麼那麼小氣啊？梅亞里差點破口大罵，還好及時忍住，她勉強揚起笑容，坐在他身邊，靠近他道：

「你就大人不計小人過，原諒我嘛！只要你放了我，看你要什麼條件，我都會答應你。」

如果她一開始就是這樣子的話，他可能還會饒過她，但在領教過她的真面目之後，他可沒那麼容易相信。

見他不說話，梅亞里有些氣餒，不過還是再接再厲：

「我一直待在這裡，對你也沒用，又老是給你添麻煩，你讓我走，也可以落個清閒，不是很好嗎？」她邊說邊將手放在他的身上，比預想中還要光滑細緻的肌膚，她的手幾乎要毫無阻力的滑下去。

她的手掌像帶著電流似的，喬凌寰感到全身一震，毛細孔突然縮緊，身體的重要部分突的綳緊起來。

她的表情帶著討好，雙眼睜得極大，看起來極為無辜，從她口中吐出柔媚之音，雖然知道她耍心機，不過還是搔到心坎裡去，他反射性的抓住她的手，眼神變得深邃起來。

「怎……怎麼了？」

梅亞里嚇了一跳，想要抽回手，卻動彈不得，她伸出另外一隻手想要推開他，他卻文風不動。

她的手像有魔咒似的，在他裸露的肌膚上貼實，讓他的聲音沙啞起來：

「如果……我不想清閒呢？」

「啊？」

「我說……」他伸手按著她的後腦勺，將她的頭顱往他的貼近，直接往她的唇瓣烙了下去。

最初的感覺又回來了——

梅亞里睜著大大的眼看著他，回想起他第一次吻她的時候，也是如遭電擊。而這一次，感覺更為強烈。

他的舌頭像小蛇般滑了進來，在她唇齒之間不斷翻攪，溼潤的感覺讓她陷溺，只是被動的品嘗他口裡的汁液，她不知道……男人原來是這麼甜？像是從沒嘗過的醇酒，有著不同的滋味。

第一次她被嚇到，完全不曉得接吻是什麼滋味，這次他重新帶領她，她不但沒有抗拒，反而樂意接受。只是他的力氣好大，雙唇猶如水蛭緊緊吸住了她，讓她無法呼吸……

「唔……」

第四章

她出聲嚶嚀，由於雙手被他擒住，她只能小小的掙扎抗議。

他的唇滑過了她的耳垂，引起她全身一陣顫慄，她像通了電似的要跳起來，卻被喬凌寰一個攫住。

她落在他的身上，兩個人的身體接觸是那麼的緊密，梅亞里感到身子像要燒了起來……

他重新攻陷她的柔軟丁香，炙熱的唇瓣在熱情中翻攪，一隻手抱住她，另外一隻手在她身上游移，聞著她身上傳來的幽幽體香，激起了他男性的慾望，教訓已經不是單純的教訓，他想要她的人、她的身體、她的所有……

嗯，她的曲線真美，觸感也很好，他並不想放開她，不想……

啊……他到底想要做什麼？梅亞里一方面感到羞慚，一方面又捨不得這不可思議的親密。

體內有股莫名的燥熱，她的身子騷動起來，她情不自禁的往他身上磨蹭，大腿無意間觸及他男性勃發之處，他渾身一震，顫慄起來。

天！他在做什麼？

驚覺自己的所作所為，喬凌寰醒了過來。

她雙眼迷濛、雙頰腓紅，布滿情慾，像隻不設防的小兔子，落入情慾世界，他到底成了什麼樣的傢伙？竟然如此放任自己？

「該死！」

他倏的站了起來。顧不得一旁滑落在地，彷彿大夢初醒的梅亞里，他衝了出去。

喬凌寰大口的吸著氣，讓自己冷靜下來，適才洗好的身子，全被激起的熱汗再度淋身，活脫脫洗了場三溫暖。

該死！他怎會那麼沒有自制力？不過是個女人投懷送抱，他就顯得毫無防禦能力。

雖然在最後關頭懸崖勒馬，不過已經被她看到他的弱點，這讓他十分懊惱。

明明清楚她的意圖，知道她只是想誘惑他、卸除他的警戒心，那他為何還是深受她的誘惑？

這個女人，不可小覷。

第四章

縱然他再仁慈，也不能讓她爬到他的頭上，這場遊戲，他不能輸。

在她偷得他的人之前，他要先奪得她的心。

※　　※　　※

梅亞里捧著自己發燙的臉蛋，對自己的行為感到後悔。

可是……她竟然不是後悔如此大膽，而是……她是來釣人的耶！她想要施展美人計，讓他就範，沒想到自己反而深陷其中，這……不對啊！怎麼顛倒過來了？

要不是他突然踩煞車，她真不知道自己會變成什麼樣子？

不過喬凌寰的反應比她更大，竟然衝了出去？難道她的美色沒用，她對他毫無影響力？而且他跑得那麼快，像她身上有跳蚤似的，怕傳染給他。這點令她相當受傷，雖然她也不希望他真的侵犯她，但他這樣跑走，實在有損女性的自尊……

「很精彩嘛！」一記不該屬於這屋內的男性聲音傳了過來。

「格非斯！」

梅亞里對著蹲在窗戶外面的男人驚叫了起來，倏的又摀上嘴巴，望著剛才喬凌寰奔出的門口，確定聲音沒傳出去，才跑到窗邊，壓低聲音：

「你怎麼會在這裡？」

「問妳呀！」格非斯推開窗戶，爬了進來。

「你怎麼知道我在這裡？」梅亞里還是十分驚奇。

「妳在跟我通電話的時候，我就覺得奇怪了，到妳家時，聽到妳鄰居說妳被妳『老公』帶走，我就追了過來。妳什麼時候結婚了，怎麼不請我喝喜酒？」他的語調充滿促狹，梅亞里嬌顏薄嗔。

「你在胡說什麼啦！我是被綁架到這裡來的。」

「到底是怎麼回事？」

梅亞里將事情的經過簡略的告訴了他，不過省略了被他侵犯的某些部分，然而說不說都已經無所謂了，格非斯已經看到最精采的一幕了。

「聽起來……他不是個簡單的人物哪！」

「是啊！」梅亞里眼神閃爍不定，她自己並未注意到，卻落入格非斯的眼底。

第四章

「那妳在這裡不是很危險？」話雖這麼說，不過身為男人的他，知道喬凌寰雖然不是什麼安全人物，卻不至於傷害梅亞里。他反而故意試探：

「趁現在他不在，跟我走吧！」

「不行！」她直覺反應。

「為什麼？」

呃……她為什麼不想走？格非斯都來了，他可以幫她逃離這裡，就不用在那男的底下生活了，可是……

「嗯……因為……我跟他打賭，會靠自己的力量離開這裡，所以除非是我想辦法離開，要不然我不會走的。」她給了他一個理由，也說服自己。

「就怕到時妳不想走。」格非斯戲謔的道。

「格非斯！」梅亞里叫了起來。

「真的不跟我走嗎？」

「我會出去的。」

「好，那我就等妳的消息。」既然梅亞里不想走的話，他也不可能把她打昏帶走，這兩個人的情況曖昧，連他這個外人都有所察覺，也許有他們意想不到的事情正在發生……

「你小心點。」

「我知道，還難得倒我嗎？」格非斯相當自負，「對了！大老遠跑到亞洲來，我差點將最重要的事情忘了。」他從口袋裡掏出一個小盒子。「來，這個給妳。」

「這是什麼？」梅亞里好奇的打開，立刻驚呼起來，「這不是……『海神的女兒』嗎？」

「下個月不是妳生日嗎？到時我可能沒辦法幫妳慶生，先送妳個禮物。」

梅亞里好驚訝、好感動，原來一向不輕易到亞洲的格非斯會跑到香港偷「海神的女兒」，一切都是為了她。

透過灑落下來的陽光照射，「海神的女兒」散發出大海一般的光輝，具有懾人心魄的魅力，將人吸入其中，望著藍色的世界裡，只感到寧靜、安詳，還有……喬凌寰的臉孔……

梅亞里心頭一動，趕緊轉移注意力。

「你怎麼知道我喜歡這顆寶石？」

「我聽亞希說的。」

「那個大嘴巴！」那她一定也把她失手的事情告訴格非斯了，梅亞里覺得好丟臉，看來她的本事還不及格非斯。

啊！這也是正常的啦！格非斯的輩分比她高，會成功也是理所當然的，她安慰著自己。

「謝謝。」梅亞里開心的在他臉上吻了一下，格非斯笑笑的從二樓退了下去，梅亞里左右張望，確定他沒有被發現，才鬆了口氣。

而這一幕，全都落入一雙陰鬱的眼底……

※　　※　　※

梅亞里走到一樓，想熟悉一下環境，經過大廳時，聽到一聲：

「過來！」

她走過去，喬凌寰正坐在皮製沙發上，微微溼潤的頭髮落在他的額際，使他看起來更桀驁不馴，他僅僅著件襯衫，鈕子也不扣上，自然的呈現出他胸前健美的肌肉，整個人看起來相當灑脫。

「什麼事？」

「過來！」他語氣透出一絲不耐。

梅亞里受他的吸引走了過去，站在離他不過寸許之處，她發現她無法直視這個男人，太容易淪陷……

「妳不是說，只要肯讓妳走，妳什麼條件都答應？」

「呃……對。」她雙頰一紅，他哪壺不開提哪壺！

「很好，那麼……取悅我。」

「啊？」她吃了一驚。

喬凌寰伸手將她摟進懷中，梅亞里一個重心不穩，跌入他的懷中，他的氣息猛地灌入她的鼻中，她有些驚慌失措，掙扎著要起來，不過喬凌寰的手箍得緊緊的，她動彈不得。

她捶打著他的胸膛，斥責道：

「放開我！」

這種粉拳根本傷不到喬凌寰，他的目光凌厲，露出邪魅的表情，梅亞里緊張的嚥了口唾液，嚷著：

「你放開我！快放開！」

「我說過了，取悅我，我就放了妳。」

「不！不要！」不對，不是這樣的，梅亞里駭然的望著他那副想要吃了她的表情，現在的他不是那個只會設計她的喬凌寰，他的面容猖狂，彷若是要吞噬她的妖怪，她害怕了。

她想推開他，卻被他一把擒住，反制在沙發上，變成他上她下。

「讓我開心，我就放妳走。」他在她耳邊低語，卻如惡魔的呢喃，梅亞里快哭了出來，她心目中的他不是這樣的。

「不、不要，不……」

她的話消弭在他的封吻中，不過這次的吻沒有挑逗、沒有溫柔，沒有讓她臉紅心跳、氣喘吁吁的感覺，他像是沙漠的大盜，毫不留情的攫取她的氣息，狂野的攻城掠池，有的只是無情。

唔……好痛……她的嘴唇幾乎被吸入他的嘴裡，而氧氣也快不夠用了，像是算好時間似的，他突的鬆開她的口，讓她有時間喘氣。

這次他無所顧忌，雙手恣意的在她身上游移。嗯，如同他所想的，她的曲線真美，觸感也很好，柔軟的胸脯在他撫觸之下，像極了飽漲的水球，想到剛才那個男人可能玩弄過，他大力的搓揉起來——

「啊！住手！」好痛！

「妳捨得嗎？」伸進前襟，他找到小小的顆粒，輕柔的撥弄，有別於先前的另一種酥麻感，梅亞里渾身一震。

「不、不要……放開我！」

喬凌寰置若罔聞，他將她的衣服撩了起來，渾圓而飽滿的雙峰落在他眼前，內衣也因為他剛才的逗弄而早已解開，現在他更加放肆的張口含住那兩顆粉紅的草莓——

梅亞里倒抽一口氣，全身都繃緊了起來。

這是怎麼回事？彷若電流貫穿全身，強烈的酥麻從胸脯遍布到全身，從來沒有的經歷讓她害怕了起來。

「夠……夠了……你給我住手！」梅亞里驚懼的吼著。

喬凌寰恍若未聞，更加瘋狂的品嘗著，梅亞里無力拒絕，更可怕的是，她的身體竟然有了反應？一陣又一陣的燥熱湧了上來，充斥她的全身，不該這樣子的，她的身體背叛了她……

「這只是開胃菜，妳就想逃了嗎？」

「不可以，你不可以這樣……」

「我為什麼不可以？這不是我們講好的嗎？只要放妳走，妳什麼條件都答應。」他抬起頭來，看著她倉皇而雪白的臉蛋，雙眼充滿恐懼，紅腫而顫抖的雙唇似在控訴。

「我……」

「妳想否認自己說過的話嗎？」

「不是……」在他盛氣凌人的注視下，她不敢說不。

「那就讓我開心。」

「不、不要！」她猛的搖起頭來，駭然的往後退，她知道她拼不過他，她的力氣跟他的比起來，微弱得可憐。

從一開始就錯了，她不該找上他，不該讓自己淪落至此，可是已經來不及了，他像是蓄勢待發的野獸，隨時都可能撲上來。想到自己可能會被他撕裂，梅亞里感到相當無助，她只能作著無謂的反抗。

該死！喬凌寰重重的捶著沙發，梅亞里嚇得閉上了眼睛。

他站起身，在她身上的壓力消失了。

梅亞里重新張開雙眼，發現他站了起來，不過他的神情相當鄙夷，口氣亦充滿不屑：

「妳這樣子也很難讓我開心。」隨即走了出去。

第四章

什……什麼意思？

他把她看成什麼了？比妓女還不如嗎？她連他洩慾的工具都不配？那有如利箭的眼神刺傷的是她的尊嚴，梅亞里不斷發抖著，憤怒與委屈灌遍了她的全身，在他侵犯的時候，他已經把某部分的她搶走了……

※　※　※

為什麼？為什麼他會變成那樣？還是說……那頭毫無理性的野獸，才是他的真面目？

想到這裡，梅亞里就忍不住哭泣。

不！不該是這樣子的！她的喬凌寰不是這樣子的……

等一下！她在想什麼？

猶如冷水灌頂，梅亞里整個人醒了過來。她的……喬凌寰？什麼時候，她把他據為己有了？這個認知讓她有如電擊，整個人呆住了。

她的……喬凌寰……應該是最初她見到面的那個喬凌寰！那個彬彬有禮、體貼帥氣的喬凌寰，而不是像現在這個……是惡魔！是野獸！

天……原來……她早就被他奪去心魄了，在那個第一次的相會……

雖然之後他們相處得並不算和睦，但是……並不能完全否認，他也有動人的一面，而且稍早之前，他不是還對她極其溫柔，為什麼一下子就變了樣？

他到底是包裹在溫柔底下的惡魔？還是藏匿於邪惡之中的天使？

她已經快搞不清楚了！

第五章

一道粉紅色的光貫穿了整棟房子，使得整間屋子都亮了起來。梅亞里見到那個身穿粉紅色洋裝的女郎進入喬凌寰的家裡，並帶來了耀眼與奪目，她不禁為止屏息。她自認長得不差，但這名女郎更在人群之上，讓人想不注意到她都難。

她是誰？究竟是什麼人？為什麼會來到這裡？她和喬凌寰熟識嗎？有可能……他們的關係超乎她的想像嗎？梅亞里的心底頗為不安，而在狀況尚未明朗之前，她決定先躲起來再說。

她的一舉一動都在喬凌寰的眼裡，他絲毫沒有理會，從大廳酒櫃中取出法國的紅葡萄酒及玻璃高腳杯。

「怎麼會想過來？」

「沒事不能過來嗎？」常月薰接過他倒的酒，淺酌了一口。

「我不是這個意思。」他走到她對面坐下。

「我也不跟你扯別的，是威爾斯拜託我來的。」

看來威爾斯見他意興闌珊，跑去搬救兵了。他面露不悅，藉酒掩飾，常月薰也沒再多說，反而道：

「受人之託，忠人之事，我只是過來說一聲，免得被說不近人情。」

「妳還在乎被說什麼嗎？」她不是這種個性。

常月薰輕笑了起來。

「聽威爾斯說，你這裡有個女孩……」這才是她來這裡的真正目的。雖然說他身邊的女人來來去去，但能進入他私密天地的沒有幾個，竟然會有個女孩一大早就出現在他的住所？

「那個大嘴巴！」他咒罵著。

「怎麼？不能見光嗎？」

「沒什麼好談的。」

「還是想留下來自己用？」她打趣著。

「月薰！」喬凌寰有些惱怒，尤其在隔牆有耳的狀況下，他更不想談論這事。

常月薰一點也沒把他的情緒放在眼底，從容的啜飲美酒，不過依舊不了她促狹的目光，喬凌寰從鼻子噴出氣來。

他雙手叉在胸前，不悅的道：

「以妳的能力，妳會不知道？」常月薰的身分相當奇特，在人前她是世界知名的模特兒，骨子裡卻流著女巫的血液。所以她的舉止中散發神祕的優雅，相當引人注目，這件事只有幾個人知道。

「我喜歡親耳聽你說。」

喬凌寰知道梅亞里在隔壁，正努力地偷聽著，他斂下了眼眸，故意站了起來，走到常月薰的身後，將身子半傾了下來。

「妳就是這麼喜歡逗弄人，小壞蛋。」他語帶柔魅，雖然對常月薰起不了作用，然而聽在他人的耳底，卻十分曖昧。

「那還得看你有沒有分量。」

「妳是說，妳看不上的男人，妳還不會這麼待他們囉？」

「你說呢？」常月薰淺淺一笑，也不知她是否知情？也很樂意配合，語氣輕佻，引人暇想。

喬凌寰在她身邊坐了下來，將手搭在她的肩上，常月薰也順勢躺著，反正有人當免費的枕頭也不錯。

「妳之前都沒有聯絡，到哪裡去了？我好想妳喔！」

「前陣子剛結束法國的時裝秀，昨天剛從奧地利回來，一回來就來看你，夠不夠意思？」常月薰一點反應都沒有。

「當然！」喬凌寰敬了她一下。

那景象就像是一副調情圖，逼得梅亞里幾乎喘不過氣。

那女郎究竟是什麼人物？為什麼她耀眼得像個發光體？為什麼她可以躺在喬凌寰的懷裡？她……一定可以取悅他吧？止不住的酸味湧了上來，直衝腦門，梅亞里踉蹌退了兩步。

他剛剛說什麼?他連談都懶得談她,他……根本看不起她……

不知為什麼……心好痛。梅亞里摀住嘴,避免聲音傳到前面,在他面前,她只會更抬不起頭來。她在他面前,不過是個小偷而已。

她的眼神一黯,不想再聽到他們的濃情蜜意,便從後門走了出去。

「這樣夠了吧?」常月薰還是沒有將頭從喬凌寰身上移開,她早就看出喬凌寰在演戲,她順勢配合而已。

喬凌寰沒有回答,將杯中物一口飲盡,站了起來,拒絕回答,常月薰只是抿嘴淺笑,沒有說話。

※　※　※

為什麼?為什麼那幅景象盤旋在腦海,揮之不去?

梅亞里努力想要忘懷,卻發現她做不到,她所想的全都是那女郎倒在他臂膀的模樣,他們目光繾綣、笑語盈盈,喬凌寰對她展現的是她所沒有見過的溫柔,那令她為

第五章

之妒忌……

妒忌？她一悚。

她有什麼好妒忌的？她為什麼要妒忌那名女郎？這問題沒有答案，妒忌卻像條毒蛇，纏繞在她的心頭。

不應該有這種感覺的，可是它卻那麼鮮明，令她無法忽視，梅亞里開始後悔，為什麼沒有跟格非斯離開？

就算她想離開，也沒有想像中那麼容易，喬凌寰像是無孔不入的水銀，不論她在什麼地方？都可以感受到他的存在。不論是在房間、庭園、大廳，每當她想尋找出路的時候，他就會出現在附近。

像是她的影子般，他幾乎可以知道她在想什麼。每當她想要動手，他就會適當的發出警訊讓她明白——此路不通。

為什麼？就連在睡夢中，也有他的身影……

他的吻……落在她的唇瓣，他的接觸……撫過她的軀體，即使是在夢中，那灼熱的氣息與體溫，不是她可以閃躲的……

除了她，還有那名粉紅色的女郎……

不！不行！她真的不能再繼續待在這裡了！她不要她的心靈被吞噬，她不要她的靈魂被侵蝕……

她不要……被他攻陷！

「只剩下一天了！」

幽魅的嗓音在背後冒出，在庭園裡出神的梅亞里嚇了一跳，她驚悸的模樣看在喬凌寰的眼底，眼神為之一沉。

「妳最好快點想辦法，否則……結果不是妳能承受的。」他似是警告，又似挑釁。

「不用你提醒！」

「很好，我看妳的表現。」

梅亞里努力抬起頭，想要製造出她並不畏懼他的假象，可是又害怕他的眼眸，他銳利而深沉的瞳孔，彷彿有種能侵略他人心靈的能力，不是她能直視的……

喬凌寰眉頭微蹙。「妳沒睡好？」她有黑眼圈。

第五章

「不用你管。」梅亞里避開他的注視。

「在想怎麼離開嗎?看來妳很努力。」這念頭讓他更為不悅。雖然明知是他答應讓她逃跑的，但是一想到她要離開他的生活，他若有所失……

「你是來看我的笑話嗎?」梅亞里惱火的大喊。不管再怎麼有實力，只要在他的範圍之內，她根本發揮不出來，她的能力就好像磁鐵進入了龐大的磁場裡，全部消失了……

喬凌寰靠得更近了。「如果妳放棄，或許我可以考慮仁慈一點。」

「你少得意!我告訴你，時間還沒到，誰贏誰輸還沒有定論!」她向來不服輸，尤其更討厭看到他那副嘴臉。

「那我們就等著結局。」

※　　※　　※

喬凌寰的確履行他的諾言，這段時間，真的將整棟別墅的保全系統關掉，而她每次都是落於他的手中，無話可說。

像她想從後門溜出去，他卻像是看穿她的意圖，在大廳通往廚房的門口走來走去，讓她動彈不得；她想在花園裡，看有沒有機會逃脫，他卻如鬼魅般從樹後出現；連差一點就到大門口了，也看到他從二樓冷冷的瞧著她，她走不了。

真的逃不了嗎？她注定得落在他手中嗎？

不！她不能放棄！梅亞里知道如果放棄的話，就逃不開他的掌控，再也找不回自己，不能讓自己淪落到這種地步，她一定要走！

可是心頭……似乎有份不甘，彷彿就這樣離開，她才是真正的輸家……走與不走，都是為難。

這兩天來，她光是想要避開他的視線，就耗損心力，就算機會就在眼前，只要在他的壓力之下，也恐懼得裹足不前，她不想跟他硬碰硬，她知道，她不可能贏得過他。

不過現在……他彷彿消失了。

梅亞里驚訝的發現那種緊繃的感覺消失了，他……蒸發了嗎？為什麼她敏銳的皮膚沒有那種因他存在而發麻的異樣感？就像老鼠知道貓咪不在身邊，徹底放鬆身心。

第五章

他真的不在嗎？

梅亞里刻意繞過整棟房子，都沒有發現蹤跡。是因為他太有把握，所以將她晾在這裡嗎？

她試著走到門口，旋開門把，他沒有出現。她踏出庭院，沒有看到他的人。時間還沒到，她不相信他會忘記。

如果真的這麼順遂，現在正是逃跑的大好機會，梅亞里朝大門走去，還是沒有他的身影。

走過長長的車道，她本想閃入旁邊的花叢，但是似乎沒這個必要，她大大方方往門口走去，還是不見他出來阻止。他把她遺忘了嗎？

一股莫名的失落感湧上，她被他忽視了？

她不甘，不願就這麼被他徹底輕視，可是出路就在眼前，是那麼的誘人，她究竟要往前還是往後？

不過目前只有離開他的身邊，才是上上之策，她不能再在那個人的身邊了，否則恐怕連心都會被困住……

梅亞里往前移動，而她的一舉一動，全落入喬凌寰的眼裡。

他從角落出來，將身體從樹蔭裡露出，沒讓她發現，因為他想知道……她在他心頭的分量。

本來她只是他的小獵物，玩玩之後放走沒關係，可是現在……

望著她離開的背影，胸口那陣失落感越來越大，如果就讓她這樣離開，就意謂著她將永遠離開他的生命……

不！

他試過了，他辦不到，喬凌寰知道他不想讓她走，三天的約定只是個幌子，他根本不想她離開。

喬凌寰從小坡道穿過樹林，這裡除了一條路可通外界之外別無他途，而採取捷徑的他還可以看到她纖細的身體飛快的往外奔，不過他的動作更快，在她以為已經成功逃離他的範圍之際，突地伸手拉住了她。

第五章

「啊！」

「妳以為妳可以逃出我的手掌心嗎？小兔子。」他戲謔地從背後摟住她，溫熱的氣息在她耳畔吹拂。

梅亞里還來不及喘息，見到是喬凌寰時，更是驚訝的叫不出來——

「你……你怎麼會在這裡？」

「妳在哪裡我就在哪裡。」

霎時間空氣彷彿凝固了，她臉色變得蒼白。

「你耍我？你……你故意製造不在的假象，好讓我放鬆警惕後逃跑，然後再逮住我？」梅亞里氣壞了。

「我們並沒有訂定遊戲規則。」

「你……混帳！你根本沒有意思讓我離開！」梅亞里氣憤難平。

「妳說對了。」

「你怎麼可以這樣？說話不算話！臭男人！啊——不要！放開我！」梅亞里驚叫

起來，因為他一如之前對待她，將她扛在肩上。

這次沒有人出來制止，喬凌寰順順利利將她帶回家裡。

梅亞里知道她錯了，而且錯得離譜，她從來沒有離開過他的身邊，她一直受他的控制，就連她的思想他也不放過，這個人……簡直是個惡魔！

※　※　※

喬凌寰將梅亞里放到沙發上，梅亞里知道她輸了。雖然無可奈何，但事實就在眼前。

她雙手一攤。「好！你想怎樣？」

「這麼乾脆？」

「要不然能怎麼辦？你會給我其他的選擇嗎？」梅亞里從沙發上仰起頭注視著他，見到他的目光毫不掩飾的一閃。

「不後悔？」

「騙你的是小狗。」

第五章

喬凌寰低笑了起來，梅亞里卻覺得十分刺耳，她打破他的訕笑：

「你說呀！你到底想怎麼樣？」

喬凌寰走到她面前，他的高大讓她頓覺壓迫，雖然早就知道他很有威脅性，但這麼近的距離還是令人感到窒息。

很快地，她察覺到他真正的意圖——

他的唇以雷霆萬鈞之勢強行壓了過來，猶如萬丈海嘯、狂濤駭浪，急急的浪潮將梅亞里包圍住。

梅亞里全身動彈不得，她的呼吸、她的意識全被他這突來的舉動怔住，行動被禁錮，唯一僅存的感覺是他像隻抓狂的野獸，而她正是他的獵物，就要被吞噬了。

「不……不要……」她從口中發出呻吟。

「妳答應過的。」

喬凌寰放過了她的唇，他精銳的眼神望進她眼底，梅亞里一陣顫慄……

「什麼？」

他的手像烙鐵般撫過她的腰，梅亞里感到驚慌失措，想要跳起來，卻被他捉住，雙手隔著衣料在她腰際磨擦，讓她全身不住顫抖。

「你想幹什麼？」她真的恐懼起來了……

「妳說呢？」

腦筋頓時豁然開朗——他要她！梅亞里這時才明白他真正的意思，可她雖然願賭服輸，卻不想把自己也賠了上去。

「不行！你不能這樣……」她捶打著他的胸膛，他卻無動於衷，一隻鐵臂箍著她的腰際，一隻手則向她的高聳雙峰移去……她倒抽一口氣。「你這個大混蛋！大色狼！放開我！放開我！」

「妳想當小狗嗎？」他改摟住她，在她纖柔細緻的脖子上吸吮，讓她幾乎彈跳起來。

「不、不是……」

「那就履行妳的諾言。」

第五章

梅亞里一怔，無話可說。

話已出口從來沒有收回的可能，然而……就這麼讓他侵蝕自己，將她生吞活剝了嗎？

在她失神之際，喬凌寰輕鬆的解開她的釦子，梅亞里感到微微的涼意，想要抗議，他具有魔力般的手指滑過她的肌膚，讓她渾身又燥熱起來，臉龐也很快泛起紅潮。

好美！喬凌寰讚嘆著她玲瓏有致的身段，肌膚是如此細膩、如此光滑，綿密得像是沒有毛細孔，讓人不忍移開。

他的唇舌攻了上去，在她每一吋肌膚上都留下痕跡，他輕啃緩囓，在她白皙的肌膚上留下痕跡，她雖微微吃痛，還是沒有叫出聲。只知道……她屈服了。

忘了自己是要教訓她還是純粹發洩自己的慾望，在來到她那飽滿的胸脯時，高漲的情緒瘋狂的跳動起來，他褪去有著蕾絲的肩帶，搜尋著她美麗的蓓蕾，像在品嘗甜梅似的，舌頭不停的吸吮。

「啊！」梅亞里驚喘起來。

那溫熱溼滑的觸感，讓梅亞里感到火苗從體內開始點燃，到達指甲、到達髮梢，身體不覺的扭動……

他在懲罰她嗎？為什麼這場酷刑如此美妙？讓她逐漸迷失……

她的反應讓他激動起來，喬凌寰雙手撫摸她的胸，讓她的重心在他的掌心，靈巧的手指撫觸著可愛的堅挺，快感襲來，梅亞里想罵也罵不出來，轉為呻吟。

「唔……嗯……」

他的胯下緊緊抵著她的小腹，梅亞里感到有個東西在探刺，卻不明白那是什麼，她已經開始意亂情迷……

見到她雙頰駝紅，眼神渙散，更加使人陶醉，喬凌寰低喘一聲，將他的困難放在她的大腿上磨擦，一隻手探進褲子朝她的幽微深處探去，她的感覺是如此敏銳，在他尚未接觸之前，她已經敏感的抖動起來。

「啊……你要幹什麼……」梅亞里想要抽回身，卻讓他更加探入。

「我……我想要妳。」他的呼吸急促、氣息紊亂，喬凌寰滑進她的私處，手指靈巧的滑動起來。

第五章

梅亞里幾乎要跳了起來，他的手在她最敏感之處，輕輕的戳刺撥弄著，前所未有的快感排山倒海襲捲而來，她幾乎要承受不住……梅亞里雙腿一軟，口裡逸出呻吟，人也幾乎要癱了，他卻摟著她的臀部，手指不斷動作。

「夠……夠了……停……住手……」

「妳想違背承諾嗎？」他在她耳邊低語。

「不……」

即使她一再抗拒，卻軟弱無力，梅亞里感到一陣溼潤，全身像浸在柔軟的液體裡，載浮載沉……

喬凌寰下面漲得難過，他想要她……她的臉蛋通紅，眼神迷濛，像是浸泡在水裡的玫瑰，令她更為迷人。

她是如此嬌媚、如此纖柔，令人心生憐惜，他吻上她的髮際、她的嬌顏、她的香肩、她的酥胸……他的吻烙上她每一吋肌膚，毫不保留。

即使神智渾沌，梅亞里仍是感受到他的細膩、他的柔情，她像是透過另外一個世界看著他，經由讀解，她看到他的深情、愛戀……

可能嗎？會嗎？他會愛上她嗎？

身體帶來的愉悅前所未有，藉由他的撫觸，她釋放了潛藏的情慾，如在雪山滑行，快意自在，她不知道原來身體可以這麼快樂，也因此不由得攀住他，口裡發出呻吟……

「嗯……啊……」

她的聲音無疑是鼓勵了他，喬凌寰受到刺激，低吼一聲，撤去兩人的衣物，將他的堅挺與她的柔軟接觸，而後貫穿了她——

「唔——」

痛楚喚回了梅亞里的理智，她驚呼一聲，不敢相信自己竟然如此放浪，竟然沉醉在他的輕佻之內。她痛得眼淚迸流，咒罵出聲：

「混帳！放開我！放開我！」

見到她的淚珠，喬凌寰下身嵌在她的體內，上半身壓在她的身上，雙手連忙捧住她的臉，不斷的低喃：

第五章

「沒事的、沒事的……」

「沒事才怪，放開我！很痛你知不知道？痛是我在痛，你還說沒事？」由於極端痛楚，梅亞里生起氣來，她不斷的捶打他、咒罵他，這次喬凌寰任憑她如何打罵都不還手。

情緒失控的梅亞里，乾脆往他的肩上一咬。

喬凌寰眉頭一皺，她的行為他可以理解，他停住動作，將她按入他的懷中，口裡不斷低喃：

「沒事的，很快就過去了，沒事了……」

他低沉而沙啞的聲音此刻忽然變得十分性感，激狂的情緒在他的安撫下逐漸平息，梅亞里大口大口的喘著氣，這時看到他的肩上竟然滲出血來，心下十分愧疚，她囁嚅著：

「對……對不起。」

喬凌寰只是笑笑，不以為意。他那輕揚的嘴角、深情的眼眸、俊逸的臉孔讓人迷醉……

梅亞里放鬆了身體，身心的經歷讓她感到不可思議。她著迷的望著他，無法相信這個男人竟有這麼大的魔力。

見她已經安靜下來，喬凌寰才開始律動，這時候猶如浸淫在蜜漾的海水之中，甜膩的感覺滑過全身，像是飄浮在空中，又如浮載在水裡，每個細胞收縮、舒張、收縮、舒張……

梅亞里感覺到自己變了個人似的，身體到達這般愉悅的地步，從而進入忘我的境界，她口裡發出無意義的叫聲，只為證明它的美好。

而這似乎還不夠似的，梅亞里感到喬凌寰猛烈的撞擊，她的情慾也不斷攀升、攀升……像是升空的火花，在最後一刻拼盡全身之力，綻放出強烈的火花……

第五章

第六章

喬凌寰和梅亞里一起躺在沙發上，他躺在她身後，撫摸著她柔細的肩膀，身上和她共蓋一件毯子，為剛才的激情回味不已。當初他購買這套沙發的時候，是為坐起來舒適而加大尺碼，沒想到還有這種功能。

她的髮味、她的汗珠、她的體溫……都叫人不忍離捨，喬凌寰發覺他離不開她了。

梅亞里背著他站了起來，走到一旁撿起衣物穿上，撫順凌亂的頭髮，然後走到窗戶前，看著外面。天已大亮，泛著金黃色的光芒，而她睡到剛才才醒來。

她到底是怎麼回事？竟然和他發生那種事？她又睡了多久？她是在他的愛撫中醒來。

昨夜是個狂亂，她簡直無法理清思緒。

第六章

「早。」

他的聲音從背後傳了過來，梅亞里轉過身，看到喬凌寰還躺在沙發上。

從落地窗灑進來的陽光照在他身上，彷彿散發著金光，英俊的臉龐和健壯的身軀宛若亞歷山大大帝，那慵懶閒逸的姿態更叫人瘋狂，梅亞里發覺身體又燥熱了起來。

「早……早、早。」發生了那種事之後，她很難正視他。

喬凌寰站了起來，他身上什麼都沒有穿，梅亞里趕緊迴避，讓他從身邊走過，而她雙頰熱得像火燒。

天啊！她到底做了什麼事？明明只是個懲罰，後來卻變成甜蜜的折磨，到後來她竟然還主動攀附他的身體，期待他給予更多。

喔！瘋了！她一定是瘋了！

進到廚房，見到喬凌寰下身穿了件牛仔褲，裸露著上半身站在廚房裡，莫名的和家居生活協調，此刻他的銳氣消失，就像是個女人夢想中的好丈夫……梅亞里搖搖頭，甩開不切實際的想法。

喬凌寰轉過身來，遞給她做好的簡易三明治及果汁，經過昨夜的劇烈運動後耗掉不少體力，梅亞里不客氣的大啖起來。

「還會痛嗎？」

他這麼一問，梅亞里差點噴出果汁來。她的臉已經紅到耳根了，她知道自己看起來一定很拙，趕緊低下頭來。

她還是第一次耶！平常忙著偷東西都來不及了，哪有時間理會男女之間的事？不過她的觀念是很前衛啦！也沒有刻意非得保留到婚後才做，只要碰到喜歡的人，只要是兩情相悅，她是不會去計較的……

等等！她……真的喜歡上了他嗎？

梅亞里錯愕的抬起頭來，迎上他的眼神，他依舊是那張冷冷的臉色，然而眼神卻溫和許多，倒像是情人之間的目光交流……是她多心了嗎？他會對她有情嗎？還是他只是純粹索取她的代價而已？

這點更令她氣惱，她用力咬下烤麵包，她拒絕回答，然而喬凌寰卻緊抓著她的視線不放，非要把她看透嗎？

第六章

「你看夠了沒有？」終於忍不住了，她惱火的喊了起來。

「一早火氣就這麼大？」

「還不是你害的！」

「我做了什麼？」他無辜的在她面前放了一盤沙拉。

梅亞里張口欲言，卻又說不出話來，不禁氣惱起來。她怎麼會喜歡他呢？他既狂妄又無禮，又像是個逗弄小兔子的野獸，她不可能喜歡上他的。不可能！不可能的！

拿起叉子想要叉起沙拉裡的蕃茄，那蕃茄卻像跟她作對似的，滑不溜丟的，叉了半天叉不起來。

「哈哈！」喬凌寰忍不住笑出聲。

梅亞里抬頭望著這個男人，快被他搞瘋了。一下對她疾言厲色，一下又柔情似水，一下又在這裡取笑她——他到底想要做什麼啊？

「閉嘴！」

「哈哈哈……」喬凌寰簡直沒辦法停下來，他快笑岔了氣。

「喬——凌——寰！」她怒吼。

見她蓄勢待發，像隻準備發狂的母老虎，喬凌寰知道不能再捋虎鬚了，跳了起來，正好躲過她丟過來的叉子。

離開餐廳的他還可以聽到梅亞里在後頭怒嚷，她在唸什麼他不知道，不過肯定沒什麼好話。

她居然讓他笑了？喬凌寰不由得不安起來。

她是個怎樣奇妙的女人？每個舉動都牽動著他的心。在他以為她心有所屬時，他幾欲抓狂，甚至不惜傷害她，可是……經過昨天成為他的女人後，他只想要將她守在懷中……

「主人，這是怎麼回事？為什麼保全系統全都關了？啊……」一名四十多歲，兩頰已經鬢白，看起來十分嚴肅的男人走了進來，見到廚房坐著一對衣衫不整的男女，尤其那男的竟然是他的主人喬凌寰，下巴當場掉了下來。

這是怎麼回事？他不過放了幾天假回來，怎麼一切都變了個模樣？

倏然見到外人，梅亞里差點跳了起來，想要逃離現場，被喬凌寰用手壓著，見到

第六章

中年男人回來，喬凌寰有些不悅。

「魯賓，你怎麼這麼早回來？」

「我……我回來上班。」由於吃驚過甚，魯賓連語氣都是顫抖的。

「那好，現在沒什麼事，你可以先下去了。」

「主人……」

「下去！」他沉聲道。

「是。」

魯賓離開之後，梅亞里埋怨道：

「你幹嘛不讓我離開？」

「沒有必要。」

為什麼？難道這個叫魯賓的男人對家裡有個女人已經視而不見了嗎？梅亞里的好胃口頓然盡失。

昨晚……他是那麼溫柔、那麼愛憐，她幾乎以為她得到了他，進入他的世界，結果發現那一切只不過是他的假象，他很有可能，對別的女人也是這麼溫柔……

常月薰的臉又出現在她腦海，說不定不只那個女人，他還有更多的紅顏，她只不過是他娛樂的對象……

呵！她還在圖什麼？一時的動情換來的只是無盡的懊悔，她早就看清了，不是嗎？為什麼還那麼傻？

心頭好難受，她悶悶吃著沙拉。

「怎麼了？」喬凌寰見幾分鐘前的好氣氛，這時候突然消逝，她的臉色也相當不對，開口問道。

梅亞里吃著沙拉，沒有說話。

喬凌寰也沒有逼她，只是用雙眼看她，光是這樣就讓梅亞里受不了，她索性推開餐點，直接說出：

「我要離開。」

還沉浸在昨晚延續的甜蜜滋味中，突然聽到她這句話，喬凌寰和煦的神情在一瞬

第六章

間突然變得猙獰。

「妳……想走？」他的聲音冷冷的。

「既然你把我捉來這裡，也得到我了，那麼我可以離開了吧？」若非想要報復她，他為什麼會跟她上床？想到這裡，喉頭好像有什麼梗住似的難受。

這次的失手，真是賠了夫人又折兵。

「妳在說什麼？」他的臉色驟然一變。

「既然你已經得到你要的了，可以放我走了吧？」話雖是這麼說，但一想到要離開，卻有一絲難受。

「妳就這麼想走？」

梅亞里從來沒有看過一個人可以在一瞬間變化那麼大，像是赤道到達冰天雪地的北極，她突然覺得好冷。對了！這才是他！翻臉無情的雙面人！她的心也隨著他忽冷忽熱，為他牽扯著情濤……

「做決定的不是我。」

「很好，妳還明白決定權在誰的手上，那就不要再有這個念頭。」他威嚴的說著，梅亞里卻瞪著他。

「你到底想怎麼樣?」梅亞里大喊起來。

她不懂，他已經得到她了、征服她了，為什麼還不肯放過她?昨天的纏綿是個失誤，她不能放任自己沉淪。

該死!她跟他上床，只是為了離開他身邊而施展的手段嗎?

從一開始他就曉得她的計謀，只是識相得沒有點破，原以為憑著約定可以讓她留下來，她還是想離開，是為了那個男人嗎?

「什麼都不許再說，不許再胡思亂想。」

「這不是我們講好的嗎?你出爾反爾!」

「妳並沒有在時間內離開!」

「你……」

喬凌寰衝動的將她推到餐桌邊，梅亞里見狀嚇了一跳，奮力的推開他，卻遭他魔

第六章

爪擒住，她氣得大嚷：

「你放手！」

「不！」他嘴邊的笑意更深。

「你到底想要怎麼樣？我已經付出代價了，你還是不肯放過我，你到底要囚禁我到什麼時候？」梅亞里實在氣壞了。

無期徒刑！

他只想把她綁在身邊，牢牢的，可是他管不住她的念頭，見她一再的要離開，喬凌寰瘋狂了。

「留下來！」他說出心裡的話。

「不要！」

她這麼恨他嗎？他承認違反她的意志就將她帶過來是他的錯，也承認不遵守約定，但是……他不容許她離開！

他的手移上她的身體，梅亞里不斷抗拒。

「不准動我！把你的手拿開，放手！」想到他只是要得到她的身體，甚至不惜假裝對她溫柔，她就更加生氣。

生氣的不只是梅亞里，喬凌寰更加憤怒，原來昨夜的纏綿，真的只是為了想盡辦法離開他而使出的手段。

他粗魯的扯開她的前襟，梅亞里只是不斷掙扎，喬凌寰哪管這麼多，只要能得到她，他無所不用其極。

「不行！你不能這樣子！你這個卑鄙無恥的下流胚子……」

喬凌寰不加理會，只想擁有她，就在他想攻占時，眼尖的瞥見魯賓正站在門口，目瞪口呆的看著原來溫文儒雅的主人竟然變成瘋狂的野獸，他一驚，放開了她。

梅亞里飛快的跑離他們，像隻受驚的小兔子。

該死！他到底做錯了什麼？

※　　※　　※

回到房間的梅亞里一撲到床上，忍不住渾身顫抖。

第六章

她錯了，錯得離譜。

許多時候，她都以為她已經獲得他的寵愛，只要他稍微笑一下，或適時釋出些許的溫柔，她就輕易的淪陷，可是……那完全是她的錯覺。

他根本不愛她，他只是在玩弄她。

她為什麼還不走？梅亞里現在才發現她並不是真的想離開，在她的心中，有著渴望，希冀能夠得到他的情、他的愛，所以她一再的留下來。可是沒有用，她那不切實際的夢想完全是個錯誤，甚至賠上了自己，她為愛焚燒，卻是一場空……

她情緒激動，還沒恢復過來，就見到喬凌寰站在門口，神情比方才更為陰暗。

「你要幹什麼？」梅亞里憤怒的瞪著他，剛才在廚房還不夠，他接著又跑到她的房間了嗎？

「這是妳的吧？」喬凌寰朝床上一丟。

「海神的女兒」在陽光之下閃耀，顯得相當刺目，梅亞里瞠口結舌，氣勢頓時全消，不知道該怎麼解釋。

見她並無辯駁，喬凌寰更氣憤了。

他知道這是那個男人送給她的，剛才魯賓在打掃紛亂的客廳時，從地板上撿起來交給他的，這讓他感到憤怒，她接受那個男人的饋贈，說明倆人必定有很深的關聯。

半晌，梅亞里才擠出：

「不是我……」

「我當然知道不是妳，是那個叫格非斯的吧？」他點出事實，讓她大駭。

「你怎麼知道？」

「妳竟然沒有跟他走，真是令我訝異。」他的口氣充滿譏誚，而他的話更讓梅亞里吃驚。

「你都看到了？」原來自己一直都在他的掌握之中。

「他將寶石偷了出來，又轉送給妳，你們……倒是對鴛鴦呀！」喬凌寰的眼中迸出精銳的光芒，像寒夜中的冷光。

梅亞里倒抽一口氣，他在說什麼？

第六章

「那只是……」

「只是愛的證明嗎？」他打斷了她的話，「沒想到你們興趣相投，難怪會在一起，想必是彼此個性契合，難怪他會將『海神的女兒』送給妳。」

「不是這樣……」她亂了方寸。

「既然妳改不了偷竊的習性，那麼跟他在一起倒是很適合，如果妳想繼續墮落的話，那麼請便。」他譏誚的道，眼神充滿不屑，看得梅亞里心慌意亂，不想她在他心中是如此地位。

「我們又不是什麼窮凶惡極的歹徒，至少我們從來沒有傷過人！」她大喊。

「但終究是小偷，不是嗎？」

他的話如冰塊狠狠砸了她滿身，梅亞里縮著身子，驚懼的看著他。他早就知道她是個盜賊了，不是嗎？可是為什麼現在突然對她排斥，彷彿她全身沾滿了汙穢，不屑入他的眼。

「你不是早就知道了嗎？」她想要爭取什麼，不想她的分量就此消失。

他的嘴角一揚：「算我失誤，一時受妳迷惑，還以為妳跟其他的小偷不同，沒想到……全都是一丘之貉。」

「什麼……意思？」

「算我識人不清，既然妳想繼續墮落，我無話可說，不過妳那位格非斯的下場可決定在妳的手中。」

梅亞里相當錯愕，等她理解他話中的意思時，立即衝到他面前，氣急敗壞的猛問：

「你說什麼？你這話是什麼意思？你把他怎麼樣了？」她伸出手抓住他的肩膀，不停的搖晃，喬凌寰穩若泰山，語氣冰冷。

「他是國際通緝的竊賊，當然要待在他該待的地方。」

「你把他抓起來了？」梅亞里失聲大叫。

「我只是警民合作。」他無情的道。

「你……你怎麼可以這樣做？」他竟然抓了格非斯！梅亞里心都涼了。

第六章

「妳很關心他？」

「廢話！他現在在哪裡？」她當然關心，只是這關心看在喬凌寰眼底有另一層解讀。

梅亞里沒有察覺他的眉頭緊鎖，像是蓄勢待發的火山，依舊纏著他猛問格非斯的下落，望不見他眸中的深鬱，那山雨欲來風滿樓的駭然，令人望之生畏。

「妳想知道？」

「廢話！快告訴我他在哪裡？你跟我的過節針對我來就好了，為什麼還要牽扯到他身上？」梅亞里急了，她跟格非斯雖是舅甥關係，但由於年紀相仿，感情也好得不得了。

「妳連自身都難保了，還在關心他？」喬凌寰像是暗夜的夜鷹，雙眸如寒星般直射入她的瞳孔。

「我就是關心他！你有問題嗎？」梅亞里快被他氣死。

「我不准妳再想著那個男人。」他捏住她的下巴，將她的頭抬了起來，梅亞里狠狠的甩開。

「我要想誰是我的事，你管不著！」

「妳已經屬於我了。」

「你是得到我沒錯，並不代表你也可以控制我的心靈，我愛想誰就想誰，不受你的限制。反而像你這種自大又霸道的豬，才沒有人會關心你呢！」梅亞里氣得口不擇言，卻撞擊了他的心扉。

對，他只是想她困在這裡，也得到她的人了，但是又代表什麼？他們的關係，不過是一場約定，她輸了，就得要付出代價，但這並不包含她的心……

喬凌寰感到憤怒，因為對他而言並不公平。

「所以妳剛剛說要離開，就是因為他吧？」難怪約定結束之後，她就提出離開的要求。

也不全然是，不過梅亞里實在不想看到他那副高傲的嘴臉，故意大聲的說：

「對！」

「好、很好。」雖然明知結果，但從她的口中吐出，他還是感到心冷。

第六章

喬凌寰轉身離去，梅亞里還不肯死心，大聲的問：

「格非斯到底在哪裡？」

喬凌寰沒有回答，繼續往前走。

見他沒有回答，梅亞里一溜煙的從床上跑了下來，衝到他面前，雙手橫在他的前方，意志堅定的問：

「他到底在哪裡？」

「告訴妳我有什麼好處嗎？再跟我上床一次嗎？」被妒嫉蒙蔽了眼睛，喬凌寰不知道自己原來是那麼尖酸的人。

「你……」梅亞里被刺到要處，眼眶立刻泛紅，「我自己會去找他！」

「妳要是敢離開這裡的話，我可就不保證他的安全了。」為了讓她留下，他不惜使出卑鄙手段。

「喬凌寰！」

這是她曾一度抱持好感的男人嗎？居然如此下流惡劣，比魔鬼有過之而無不及，梅亞里溢出了眼淚，但她沒讓它流下來。

遇上他，注定是個錯誤。

第六章

第六章

第七章

可惡！沒看過這麼自大又小氣的豬！自私又惡劣的魔鬼！傷害她也就算了，但是格非斯是無辜的，她不能讓他傷害他，只是……該怎麼辦呢？

梅亞里抱著軟墊，坐在床上沉思，無視魯賓的存在。

魯賓立定之後，將吸塵器關掉，檢查一下房間，確定已經打掃乾淨，準備要出去的時候，梅亞里叫住了他。

「等一下！」

「小姐，有什麼事嗎？」魯賓站在梅亞里面前恭敬有禮的問道。

「喬凌寰呢？」

「主人他出去了。」

「出去了？」梅亞里又驚又喜，不過很快壓下表情，裝作不在乎的問道：「他有沒

第七章

有說什麼時候會回來？」

「主人沒有說。」

「這樣啊……」她喃喃自語，腦筋飛快的運轉。

他怎麼會出去？他不怕她逃走嗎？她不相信他會放心，還是他認為有魯賓看著她，她就出不去了？知道格非斯被抓走，無論如何，她都得去找他，要不然她放不下心。

沒有自己找到格非斯，親眼見到他的安全，她一點都不安心。喬凌寰那麼說，他就真的不會對格非斯下手嗎？她很擔心，她不能坐在這裡，什麼都不做。

念頭一轉，她便有所動作。

「小姐，主人請妳待在家裡。」雖然不知道她是什麼人物，不過向來不留女人在家裡過夜的喬凌寰會讓梅亞里住下來，想必兩人的關係非比尋常，魯賓對她亦是恭敬。

「我……我只是走走而已。」

「請小姐小心。」

梅亞里停下了腳步，回過頭，疑惑的問：

「什麼意思？」

「主人說，如果小姐想出去的話，可能會有危險，請妳好好待在屋子裡。」魯賓認真的道。

「我知道了。」

笑話！最大的危險就是他，現在他不在了，還想恐嚇她？

梅亞里離開房間，走到樓下，望著屋內四周，表面上看來和平常房子無異，但藉由她專業的眼光來看，在角落都安裝了監視器，還有警報系統，也就是說如果她要離開的話，就會觸動這些警報。

去！把她當犯人了啊？

想到她在他心中是這麼低微，喉頭就不由得泛起難受，既然如此，她也不想待在他身邊，只會心傷……

現在沒辦法顧及這些，格非斯還不知道在哪裡呢！要是繼續待在這裡的話，根本

第七章

幫不到他，她得出去。

整頓好情緒，她深吸一口氣，除了要應付屋內的警報之外，重點是那個忙碌的魯賓，她得避開他的視線才好做事，要不然還沒踏出這個大門就被發現在做壞事，可不是好玩的。

魯賓從二樓打掃完畢，拿著吸塵器到了大廳。

梅亞里藉口到廚房喝水，腦筋運轉著，就算她能離開主屋，但離大門還有好一段距離，到了大門沒有密碼或通行卡、遙控器之類的話也出不去，魯賓既然能來去自如的話，那他身上一定有出入的控制器，她應該從他身上下手才對。

她拿著水杯，走到大廳，故意漫不經心的問道：

「魯賓，你在這裡很久了嗎？」

「是的。我在這裡已經做了九年。」魯賓將運作中的吸塵器關掉，好聽清梅亞里的話。

「你怎麼能夠待在他身邊那麼久呢？他一點也不可愛。」梅亞里隨意找話，試圖降低他的警戒心。

魯賓皺起了眉頭，這個女人對主人的評價一點也不高。

「主人他是個好人。」

梅亞里一臉難以置信，這時魯賓又緩緩的道：

「我本來有個幸福的家庭，有美麗的妻子、可愛的女兒，沒想到被黑道追殺，我的妻女……都死在黑道的手中。在千鈞一髮之際，是主人救了我，並把我安置在這裡工作，而且相當信任我。主人的這份恩情，我在這裡做牛做馬也不能報答他千分之一。」魯賓慷慨激昂，講到後來還略帶沙啞，梅亞里不禁受到震撼。

沒想到那個冷酷的人，心地這麼善良？

「聽你這麼說，喬凌寰他真是個……好人？」

「是的。」

可是為什麼獨獨對她不同？想到這裡，梅亞里就有氣。「這裡就你跟他住在一起？」

「是的。」

第七章

「沒有其他人了嗎？」

「除了梅小姐之外，其他女人沒有在這裡過夜。」魯賓不知是有意還是無意，將這個消息放了出去，梅亞里心頭一寬，他的話像石子投進了湖泊，泛起陣陣的漣漪……

「那個有著粉紅色頭髮，說話還帶著點法國腔的女人，她常來這裡嗎？」梅亞里忍不住發問，魯賓嘴角漾起笑意。

「妳是說常小姐嗎？她常來，不過她跟主人只是好朋友而已。」

「他們不是……」

「只是朋友關係而已。」魯賓再次強調，並靜靜看著她的反應。

只是朋友？梅亞里並非不相信魯賓，就是因為她知道魯賓沒必要誆她，所以她才震驚不已。

可是他們的舉動……又那麼曖昧，真的有魯賓說的那麼單純嗎？

心思千迴百轉，梅亞里頓時失了方寸，就算知道他們的關係又如何，他還不是對她那麼無情？再在這裡待下去也沒用，他們的關係只會越來越惡劣，她不想最後帶著遺憾離開。

梅亞里陷入沉思，魯賓則退到另外一邊的起居室去打掃。

罷了罷了！知道這個消息又如何？白白亂了心扉罷了，她還是早點想辦法，看怎麼逃離這裡要緊。

對了！魯賓……

看到大門旁邊的衣帽間，掛著魯賓的外套，她記得魯賓出去或進來的時候，都會拿個小型遙控器在大門那邊按，才得以出入。

她悄悄走了過去，確定魯賓沒察覺到她奇怪的舉動，才將他的外套拿了過來，翻看裡面的口袋，果然！在他上衣內側有個極特殊的遙控器，她曾看過喬凌寰也用相當的遙控器出入大門，錯不了的。

將遙控器藏在自己身上，她將外套放了回去，打算趁魯賓不注意的時候，悄悄溜出去——

「鈴——！」

第七章

電話響了！好機會，梅亞里扭動門把，門開了！這時候突然降下一片鐵閘門，把她嚇了一跳。

「喂……什麼？好的……好的……我馬上趕過去。」魯賓緊張的連吸塵器都不顧，衝了出來。「梅小姐，主人他……」見到眼前的情況，他愣了一下。

「我剛剛……只是想出去走走，沒想到門就掉了下來！」梅亞里連忙解釋著，「對了，你剛剛說喬凌寰他怎麼了？」

「主人他在醫院！」

什麼？梅亞里的臉色立即變得慘白。「喬凌寰怎麼會在醫院？」

「詳情我並不是很清楚，只知道主人受了傷，我要去看他，妳……」不等他說完，梅亞里立即說道：

「我跟你去！」

見她滿臉焦灼與緊張，是真切的在關心主人，魯賓反倒開心起來。

「那就請梅小姐跟我來。」

魯賓上前將大門邊的一幅圖畫移開，按了幾個鍵後，所有的機關全數退去，恢復正常。

有這麼嚴密的設備，難怪喬凌寰安心的將她關在這裡。梅亞里嘀咕著。

不過現在不是理會這種事的時候，魯賓說他受傷了，他受了什麼傷？很嚴重嗎？越想越心慌，心頭像被吊了起來，不安逐漸擴大……就算她再怎麼恨他，也不要他出事……

老天！請保佑他還活著！

※　※　※

梅亞里跟著魯賓來到市中心的醫院，推開病房，喬凌寰正躺在裡頭，不過……在他身邊站著的是常月薰，她像是道礙眼的光刺著她的眼睛，梅亞里一股氣惱湧上，雙腳停在原地，而魯賓則驚慌的走了上前，焦急的問道：

「主人，你怎麼了？」

「我很好。」除了手臂有點擦傷，臉上也有些小傷口之外，根本毫無大礙，結果常月薰堅持要送他到醫院，威爾斯也怕他有個腦震盪什麼的，兩人一前一後將他架到醫

第七章

院，事實上他好得很。

「到底是怎麼回事？您怎麼會受傷？您的手、還有腳……」還好，手腳都在，魯賓鬆了一口氣，不過看他滿臉擔憂，喬淩寰勸道：

「我真的沒事。」

「可是您這樣……」

「我不是還好好的在這裡跟你講話嗎？你以為我會有什麼事？」喬淩寰不耐的道，這個魯賓，有時候就是太大驚小怪了。

「主人……」

喬淩寰沒有理他，看著跟魯賓前來的梅亞里，他的唇邊浮起一抹高深莫測的微笑。

哼！還以為他有多嚴重，結果什麼事也沒有，旁邊還有一個大美女陪伴，梅亞里感到胃酸翻滾，突然很後悔自己幹嘛過來，她不是都快逃走了？一聽到他受傷就緊張起來，如今……

梅亞里滿臉寒冰，用眼白瞧著他，滿臉不屑。

「我想我也該走了，你好好休息吧！」常月薰柔柔的道，緩和了病房內嚴肅的氣氛。

「這麼快就要走？」喬凌寰裝作相當惋惜。

「剛才你不是還在抱怨我把你送過來，怎麼了？現在又捨不得我了嗎？」常月薰瞄了一下梅亞里，淡淡的道：

「我想，我不適合再待在這裡了，」她轉身挽著魯賓，將他往門口帶，「魯賓，我帶你去找醫生，他會告訴你照顧你家主人的一些注意事項。」

「好。」

她的動作很快，一下子就消失在他們面前，留下梅亞里單獨面對喬凌寰，兩個人四目對望。

※　※　※

「沒想到妳會過來看我。」喬凌寰將身體靠在床上，調整好舒適位置，雖然受了傷，可是還是掩蓋不了他慵懶底下的那股邪魅氣息。

「看起來並不差我一個。」梅亞里冷冷的道。

「妳太小看自己了。」

「反正我這個小偷來看你，就太汙辱你了，我哪敢高攀？」梅亞里刻意貶低自己，只見喬凌寰臉色一沉。

「誰敢這麼說？」

「這不就是你眼中的我嗎？我只不過是個四處行竊的小偷，像你這種高高在上的人物，根本不屑跟我們這種人接觸！跟我們接觸只會弄髒你們……呀！」梅亞里猛的一叫，她剛剛說得太激昂，沒有注意到喬凌寰已經走到她身邊，而且還把她摟進懷裡。

她一驚，下意識的推開他，卻發現他一動也不動。

「你不是受傷了嗎？」她怎麼掙脫不開？

「根本沒什麼事，要不是月薰和威爾斯小題大作，一直要我住院，我根本懶得理會。」說到這點他就有些不悅。

「看來你一時三刻還死不了！」她氣得口不擇言。

「沒錯。」

「放開我！」她被他箍得好緊，幾乎沒辦法動彈，梅亞里嚷了起來，喬凌寰那雙深邃的眼眸卻平靜的望著她。

「我不是說過，我不會放開妳的嗎？」

這……這是怎麼回事？是她的錯覺嗎？為什麼他的語氣好溫柔、眼神充滿了深情，這是她最渴望的一刻……

但是，他會不會是因為傷到腦袋了，才對她這麼好？

「你這隻驕傲的豬！都受傷了還不安分！」她氣惱的大喊，出乎意料地，喬凌寰並沒有對她生氣，只是用著晶亮的眼眸看著她。

「我很高興妳來看我。」

呃？什麼？面對他的轉變，梅亞里感到相當不自在。她愣愣的看著他，沒有見到

第七章

他的冷酷、無情，現在的他甚至稱得上有人味，多了溫暖的氣息，柔柔地、緩緩地勾住她的心扉……

喬凌寰在她額上吻了一下，像蝴蝶佇在花朵上面，輕輕柔柔的，一陣奇異的酥麻泛過心湖，梅亞里呆了。

「你……腦震盪了嗎？」她小心翼翼的問道。

喬凌寰一怔，笑了起來。他用食指蓋上她的唇瓣，梅亞里一陣驚異，他的手指像有魔力，將她定住。

這次他不再強迫，他的手勁恰到好處，既可以將她攬進懷裡，又不至於讓她脫離，梅亞里覺得自己像掉入了火爐，全身燥熱起來……

「喬……」

她話才一出口，就被他堵住，溫熱溼潤的觸感滑過她的唇瓣，她的張口剛好使他有機可趁，順勢滑了進來，梅亞里張大眼睛看著他，想要將他推開，但又念在他是傷患的份上，也不敢太用力，結果就任他予取予求。

他的手在她纖細的蠻腰上愛撫，像火苗在她身上點燃，再加上他強而有力的氣息灌進她的鼻口，她突然覺得有點頭暈……

倏地他放開了她，梅亞里還不知道怎麼回事，雙眼迷濛的看著他，她的兩頰嫣紅，雙唇紅腫，一切……都在引人犯罪。

「你想要我現在就要了妳嗎？」他的聲音低沉，手指撫過她細緻的臉蛋。

梅亞里大夢初醒，跳離他的身邊，不曉得自己怎麼會失控，沉醉在他誘人的迷情裡。

「你不要再過來了！」

喬凌寰低聲一笑，將她摟進懷裡，露出心滿意足的表情。

因為這難得的柔情，梅亞里也收斂起張狂的爪子，靜靜躺在他懷裡，讓那甜蜜慢慢填滿心田，雖然可能是幻覺，但……她還是沉淪了。

※　※　※

「妳沒有離開？」他好高興。

「那個……還不是你家裡充滿機關，怎麼逃啊？」她不服的道。

第七章

喬凌寰低笑，沒有點破。

他知道她有很多機會可以離開的，尤其在離開屋子之後，要從魯賓身邊逃脫是輕而易舉，可是她還是來了，甚至在他威脅她而不得不留下來時，她也大可以不用理會他，可是……她來了。

甜蜜的喜悅滲入了他的心房，忘了和她的不快，他想擁有現在的她，柔順得有如窩在懷中的小貓——他不會忘了她的利爪。

「對了，」她想起來，「你怎麼會受傷？」她不認為危險能找得上他。

「意外。」他淡淡的道。

「什麼樣的意外？」

喬凌寰直視著她，他的目光深沉，令人難以釐清，半晌，他才試探的回答：

「格非斯跑走了。」

「啊？」

「他跑走了，妳應該很高興吧？」提到格非斯，他的臉上罩上一層寒漠，手上的力道也不覺加重了，跟剛才判若兩人，梅亞里不解的望著他。

「你幹嘛又一張死人臉？他又沒有欠你錢。」

「他是沒有欠我錢，他欠我的是人……」他以手指滑過她的臉頰，溫柔的舉動卻隱含著所有權。

「你在胡說什麼？我又不是他的人。」梅亞里發覺他對格非斯的敵意很深。

「你們不是很親暱嗎？」

「關係是很親暱沒錯，他是我舅舅啊！」

什麼？喬凌寰差點被一口氣嗆到，搞了這麼久，他們竟然是親人？那之前他不悅了那麼久，原來都是白搭？

見他表情忽青忽白，神色古怪，梅亞里擔心的問：

「怎麼了？你不舒服嗎？」

「我已經好了。」他的嘴角上揚，心頭的壓力消失了，原來……一切都是一場誤會。

第七章

他為自己的行為感到可笑，努力的不讓情緒洩露太多。

「你確定你沒傷到腦袋？」她總覺得他怪怪的。

「沒事、沒事。」

「我覺得還是怪怪的，我去叫醫生來好了。」

「不用了！」喬凌寰拉回了她。

「你不可以這樣不聽話，你是病人耶……唔……」

為了證明自己並沒有那麼脆弱，喬凌寰堵上了她的嘴，只要他的溫柔一來，她就忘了他的霸道，並甘願沉淪其中……

第八章

「你是說，格非斯從市警局逃了出去，竟然沒有人知道？」難怪他今天一早就急匆匆離開。

「沒錯。」

「那當然，格非斯也不是那麼簡單……」梅亞里也相當驕傲，不過見到喬凌寰的眼神不對，就改了口，「那你怎麼會受傷呢？」

「我是在跟他追逐的過程中，不小心翻車，才會受傷的。」喬凌寰淡淡的道。

「翻車？」梅亞里覺得心臟一下子被吊到半天高。

萬一他出了事，不只是掛了彩那麼簡單，他還會在這裡平靜的跟她說話嗎？如果到時候在她眼前的是副屍體，或者只有斷手斷腳……想到這裡，梅亞里不禁冒出冷汗。

見她臉色蒼白，喬凌寰安慰道：

「不是沒事了嗎？」

這是事後他才能這麼冷靜的跟她講話，要是提前讓她知道的話，她怎麼樣也不會讓他出門。再說不論他們哪一方出事，都非她所願，梅亞里憂心忡忡的看著喬凌寰，不曉得格非斯是否安好？

「那格非斯呢？」

「他駕車揚長而去，我看他好得很。」

梅亞里鬆了一口氣，傷害已經減到最低了。

喬凌寰看她蹙著眉頭，神色凝重，有些吃味。「在想他？」

「我想知道他有沒有事。」

「現在你在這裡，只准看著我，不准想別的男人。」他捧住她的臉，強迫她面對他，梅亞里嘟起嘴：

「你太霸道了吧？連我想什麼都要管！」

「妳不是早就知道了?」

「你真是有夠自以為是耶!你這樣的話，我會以為你在吃醋喔!」要不是他的眼神充滿柔情，她早就跟他槓上了。

喬凌寰突然不自在起來，像被人窺破了什麼祕密。

梅亞里靈光一閃，他的舉動、他所做的一切，莫非……她兩眼一眨，快樂的叫了起來：

「你真的在吃醋?」

喬凌寰沒有說話，不過臉色不好看就是了。梅亞里在他身邊繞來繞去，想要窺破他真正的想法，不斷詢問：

「說嘛!你是不是在吃醋?是不是?」

「亞里!」他出聲警告。

「是不是?是不是?」

梅亞里就像個情竇初開的小女孩，得知喬凌寰對她其實是在乎的，不禁心花怒放，雙眼熠熠。喬凌寰有些惱了，輕聲喝斥：

「別太囂張。」這對他來說，是很沒面子的。

「我又沒做什麼。」她嘀咕的道。

喬凌寰嘆了口氣，決定給她一點教訓，將他的唇瓣往她的送過去，儘管每次都得逞，梅亞里還是學不會躲開，只能任憑他掠奪，讓他掬取她的馨香作為報復，她在他懷中嚶嚀，只是助長了他的慾望……

「主人，我回來——」魯賓最後一個字消失在嘴裡，目瞪口呆的望著一向自律的主人發情，站在原地不敢亂動。

梅亞里迅速跳開，不過是背對魯賓。

「你來幹什麼？」喬凌寰有些惱怒。

「我送雞湯過來。」不愧見過大風大浪，魯賓很快恢復神色，當作什麼都沒有看到。

「我不是說過你不用過來了嗎？」

「除非主人出院，要不然魯賓都要過來照顧主人。」

他怎麼覺得自己給自己找了個麻煩，喬凌寰扶著額頭，覺得有些發疼，梅亞里見狀，伸出纖纖玉手幫他按摩，喬凌寰訝異的面對她的柔情。

「魯賓也是一番好意，你不要這樣對他。」

「妳被他收買了嗎？」

梅亞里淺淺一笑，將魯賓帶來的雞湯打開，盛了一碗到他面前，喬凌寰皺起眉頭，梅亞里輕柔哄勸：

「這是魯賓的好意，你就喝了吧！你如果不願意自己喝的話，那我來餵你。」

「我又不是小孩子！」他抗議起來。

「只要你還在床上，就當小孩子有什麼不可？」梅亞里施展女人的柔媚，帶著堅毅與執著，無論如何就是要喬凌寰喝下這碗雞湯，面對兩人的壓迫，喬凌寰只得放棄，乖乖的將雞湯喝完。

看著這幕景象，魯賓心中一陣感動。

第八章

他的主人……終於找到幸福了。

在梅亞里的脅迫下，喬凌寰喝完了雞湯。而後魯賓將碗筷收走，留給他們兩個人獨處。

「這樣不就好了嗎？」她替他拭去嘴角的殘漬。

「妳讓我覺得很像病人。」

「你本來就是病人呀！」

「不要得寸進尺。」

「我又沒有做什麼？」她無辜的眨眨眼。

「沒有嗎？」喬凌寰瞇起了眼睛，察覺到他危險的訊息，梅亞里心頭一驚，想要逃開，但受了傷的他似乎比她更靈活，喬凌寰輕輕鬆鬆捉住了她，將她往床上一帶，梅亞里躺在他底下。

「你……」

「噓！」

她正要抗議，全被喬凌寰吞進嘴裡，繼續著剛才未完成的慾望，梅亞里知道掙扎無效，身體也在他的攻勢下癱軟，柔情似水，混合著你儂我儂……

※　※　※

喬凌寰本來就沒有什麼事，是威爾斯大驚小怪，硬要他多住幾天，在醫生的指示下，今天就可以出院了，去幫他辦理出院手續的梅亞里心情也格外的愉悅。

回病房的路上，梅亞里邊哼著歌邊走路，正準備去搭電梯時，突然一隻手拉住了她，她轉過頭打算進行反擊時，一道清脆的聲音傳來：

「亞里，是我！」

「亞希？妳怎麼在這裡？」

眼前的正是她的姐姐梅亞希，一個有著大波浪捲髮的美麗女郎，她穿著醫生的服裝，混入了醫院。

梅家受西方薰陶，連稱呼都省去，向來只叫名字而已。

「跟我來。」

第八章

梅亞里跟在梅亞希身後，覺得她……怪怪的。兩人來到人較少的地方，才開始談話。

「怎麼了？」

「妳為什麼在那個男人身邊？」梅亞希開門見山，梅亞里一時不知該怎麼回答，囁嚅起來……

「妳……妳都……知道了？」

「廢話！我來這裡就是專程來找妳，以為妳被綁走還是關起來什麼的。結果妳卻在這裡談情說愛？」梅亞希臉色憤然，梅亞里心虛起來。

「我……我沒有。」

「兩個人都黏成那樣子了，還說沒什麼？妳不知道他的身分嗎？」

「我……我知道。」喬凌寰並不屬於警方的人，他算是個特務，接的都是警方無法處理的頭痛問題，和他們格格不入。

「既然如此，妳怎麼還可以愛上他？」梅亞希擔心她會受傷害。

「我……我沒……」

「嗯？」面對亞希的銳利眼神，梅亞里方寸大亂，知道無法隱瞞，索性豁出去了。「我……我只是……只是……好啦！我就是愛上他了，怎麼樣？」亞希是她姐姐，也是最了解她的人，謊言是沒有用的。

梅亞希陰沉的道：「妳該知道我們是什麼樣的人，根本不能跟他在一起。跟我回去！」

「不行！」

「亞里！」梅亞希驚詫於她的直覺反應。

「我……我現在還不能走。」她迴避她的目光。

「妳就是被他迷得神魂顛倒，忘了其他人了嗎？」梅亞希斥責的道，「枉費格非斯那麼疼妳，妳竟然連看都不願意去看他！」

梅亞里臉上的血色一白。

「格非斯？他怎麼了？」

第八章

「妳就只顧著那個受傷的人，也沒想到其他人。」梅亞希見她為愛意亂情迷，相當火大。

「亞希，妳直接跟我說，格非斯到底怎麼了呀？」

「他被那個人追逐的時候，兩個人同時翻車，雖然他後來僥倖逃離現場，可是人一到我的住處就昏了過去。」梅亞希口氣冷冽，故意將事態講得很嚴重，果然，梅亞里臉色大變。

「格非斯他到底怎麼了？」

「那個男人都住院了，妳覺得格非斯會好到哪裡去？」梅亞希沉聲的道。

「格非斯……他死了嗎？」梅亞里急切的問道。

「沒有，不過……」梅亞希面色相當凝重，梅亞里忙道：

「妳快帶我去看他。」

「去看他可以，不過妳必須答應我，離開那個男人，不許再跟他接觸。」梅亞希鄭重的道，梅亞里一愣。

「為……」最後還是沒有將為什麼問出口，因為她已經知道原因。

喬凌寰是為國家做事，算是個特務，他的身分是攤在陽光底下，代表正義的一方。而他們呢？從事的行業是在暗地裡偷偷摸摸、見不得人的。他們的身分對立、立場敏感，卻還是陷入熱戀，如今要她選擇，就像是要她選擇跳下懸崖或者被猛虎吃掉，進退兩難……

「亞里？」梅亞希希望能勸醒妹妹。

「我不知道……」

「妳不要見格非斯了嗎？」

「不是……」

「那就跟我走！」

「可是……」她當然想知道格非斯是否安好，喬凌寰身手矯健，都還受了傷，聽梅亞希那樣說，那他豈不是……

可是……要離開喬凌寰？她的心就像被撕裂一樣痛苦。

第八章

梅亞希突然出現，要她做出決定，要她離開他……怎麼可能？在那激情狂戀過後，怎麼可能？在她知道他所有失控的行為原來都是因為她，她怎麼可能離開？所有的濃情像張網困住了她，而她心甘情願的被它縛住……

她的愛人啊！

怎麼捨得……這樣離開？

※　　※　　※

「主人，我們走吧！」魯賓已替他整理好東西。

「再等一下。」喬凌寰走到窗邊，看著外面的景色，卻無心納入眼底。他心浮氣躁，等不到梅亞里的歸來。

說好要一起回去的，她卻不見蹤影。

「那……我去找梅小姐。」魯賓也知道他的心思。

「我去就好了。」有關梅亞里的事，喬凌寰不想假手他人，他走了出去。

可是任他走遍醫院的每一個樓層，查過每一個角落，也不見梅亞里的人影，她彷佛消失在空氣中，一點痕跡都不留。

她離開他了嗎？他的心頭慌亂起來。

喬凌寰不肯相信，她不是依偎在他的胸前，嬌柔的低喃，他的胸口還熱燙著，彷佛她還依偎著……他們是那麼的親密，怎麼可能離開？

喬凌寰固執的不肯相信，如果要離開，在醫院裡她多的是機會，為什麼要等到他出院時才分開？

可是她不見是不爭的事實，到處都找不到她的蹤跡。

亞里……妳到底在哪裡？

※　　※　　※

三個月後　義大利

米蘭外郊的一棟農莊前，聚集了十來多人，他們在美麗的花園中擺了長桌和凳子，桌上擺滿了豐盛的食物和花朵，還有清涼可口的雞尾酒。

他們或坐或站，全都是笑語盈盈。在微風、花草和湛藍的天空之下聚餐、聊天，

第八章

充滿了悠閒恬適——不過，如果警方到這兒來抓國際專竊寶石或是名畫的竊賊的話，將會大有斬獲。

院內的金盞菊開得茂盛，鼠尾草、迷迭香等散布在花團之中，看似隨意栽種，實際卻錯落有致，增添純樸趣味。

一切都是那麼恬靜、安詳，是那麼的美好，卻傳來一聲長長的嘆息。

「哎……」

梅亞里躺在兩棵樹中間綁著的吊床，看著頭頂的綠葉，濃濃的樹蔭遮住了刺眼的太陽光，她懶洋洋的。

今天是他們家族聚會的日子，她的那些親戚們全在院子裡聊天，展示過去一年來又有什麼收穫，只有她躺在這裡發呆。

沒辦法，她提不起勁，就連樂蒂姑媽在展示她脖子上那串從白金漢宮偷取出來的瑪瑙項鍊、手上戴的琥珀戒指時，她都無動於衷。這些璀璨美麗的寶石原本是她的最愛，可是這時她完全失去了興趣……像是流動的水忽然靜止了，死氣沉沉的。

她一點也不喜歡這樣的自己，卻無能為力，是職業倦怠嗎？要不然她怎麼變了個人似的？

「小懶豬，躺在這裡坐什麼？」

一記聲音傳了過來，梅亞里張開了雙眼。

「是你呀！」她的聲音懶洋洋的。

「怎麼啦？還在氣我們把妳從他身邊騙回來嗎？」格非斯跳上了吊床，富含深意的看著她。

其實當初他根本就沒什麼事，只不過體力透支，才會在梅亞希面前昏了過去，沒想到梅亞希拿著這點脅迫她，將她帶了回來。只是梅亞里人是回來了，心卻留在那裡了。

「沒有啊！」

「不會是在想喬凌寰吧？」

一提到他的名字，梅亞里整個人醒了過來，她不想讓其他人知道她的心事，不悅的斥責道：

第八章

「胡說！」

見她不願提起這個話題，格非斯話鋒一轉。

「你知道最近有人盯上我們了嗎？」

「什麼意思？」

「最近不管我們想要從何處下手，像是大英博物館，或是羅浮宮，都有人從中作梗，為了安全起見，爺爺要我們最近先不要輕舉妄動。據有看過他的人形容，那模樣……很像是喬凌寰。」格非斯特別注意她的反應，果然，她坐了起來。

「什麼意思？」

「諾！這是梅格麗畫的，妳也知道她有這個天分，只要看過一眼就能畫出對方的特徵。」梅格麗是他們家族初出茅廬的小賊，對繪畫非常有天分。格非斯一將梅格麗的素描遞給她，梅亞里立即搶了過來。

沒錯！是他！

不論是他的臉蛋、神韻，梅格麗都準備無誤的抓了出來，就連他陰鬱的眼神也顯露無遺，這挑動著她的神經，靜止的死水又開始活絡。

但……梅亞里一方面又暗自希望這只是一個跟他長得很像的人而已。明明知道這不可能，她還是不希望他跟他們作對。

為什麼她有個直覺，這所有的事情，都是針對她而來？

不管他是為了她，或是其他人，她都不願他們起正面衝突。要是兩方人馬對上怎麼辦？她無法想像那一幕會是怎麼樣的情況。

見她表情陰晴不定，格非斯知道他成功了。

「還是不肯承認嗎？都已經寫在臉上了。」他從吊床跳了下來，無視梅亞里的抗議。

「格非斯！」

「有問題就要解決，逃避不是妳的風格。」格非斯邊說邊離開，他的話重重擊在她的心上。

她承認自己是喜歡他的，但是又能怎麼樣呢？梅亞希說得沒錯，他們的身分對

第八章

立，也太敏感，是不適合的，可是為什麼……心頭還是惦記著他呢？

當初跟梅亞希離開之後，就該明白今生無緣了，然而思念……卻揮之不去……

和他的濃情成為最深的羈絆，將她的心困住，她始終走不出圈圈，即使明知不妥，卻也無能為力。

如果可以再看到他的話……該有多好……

※　　※　　※

一隻手伸了過來，梅亞里還來不及掙扎，就被人從吊床上拉了下來，身體往下跌，她正要驚呼，一隻手掌摀住她的嘴巴，梅亞里下意識張大了嘴咬了下去——背後傳來一聲悶哼，然後一個男人的聲音響起：

「我還是比較喜歡妳咬在我身上的感覺。」

這是……？梅亞里轉過身來，發現竟然是喬凌寰！

他就在她眼前，他的臉孔格外的清晰，不是她的記憶將他美化，而是他該死的好看極了！再加上他的臉蛋靠得那麼近，她可以感受到他的氣息、體溫……所有的感覺通通回來了！

「你……你怎麼會在這裡？」她大叫起來，不過很快壓低了音量，她不想讓別人發現他。

「那妳呢？」他的語氣中有著強烈的責備。

「我……」想到是自己從他的身邊逃離，她就感到愧疚，倔強的道：「我本來就屬於這裡的啊！你來這裡做什麼？」

「我說過，我不會這麼簡單就放過妳的。」

梅亞里看到他的眼眸裡頭有團灼烈的火焰在燃燒，而站在其中的，是她自己，她渾身都熱了起來。

「你來找我，不只是為了要說這句話吧？」

「為什麼突然離開？」他的聲音低沉起來。

「我……」

「妳既然不擇手段想要離開我，為什麼又製造假象，讓我迷失在妳的情網裡？

第八章

妳是在報復我嗎？」他痛苦的指責，手掌撫過她的臉，梅亞里心頭一動，心湖開始沸騰……

「不，我……」

「回到我身邊。」

梅亞里大受震撼，他……「為什麼？」

「我愛妳。」他的雙眸清亮、堅毅而溫和，深情如潮水般湧來，梅亞里快要不能呼吸，但卻甘願溺斃……

「真的嗎？」她傻氣的問。

「我跑了快半個地球才找到妳，妳還在質疑？」喬凌寰相當不滿，處罰性質的唇瓣烙了下來，熾火而狂熱的烈焰在焚燒，梅亞里迅速的被融化，不自禁的閉上了雙眼，感受他澎湃的熱情，感受他的體溫、他的味道……

他來找她……他竟然來找她？

痛苦與快樂侵入她的靈魂，梅亞里任憑極致的感受占領全身，整個人沐浴在愛情之中。

原來不是她一廂情願，而是兩情相悅，還有什麼比這更甜蜜呢？

喬凌寰濃烈的情感終於爆發，在苦尋她這麼多日子後，他終於如願以償找回她的人，洶湧激昂的情愫奔騰，他迫切的渴望她，恨不得將她融入他的身子，合而為一，不要再分開。

梅亞里雖然還殘存些理智，但身體背叛了她，心中那股鬱悶在他的碰觸之下，竟然化解開來。

原來……她一直在等待他的到來……

「不准再離開……」喬凌寰在她耳邊低語，像是警告，又像是愛語，梅亞里沉醉著，口中發出含糊不清的呢喃。

梅亞里喘息起來，無法言語。

喬凌寰迫不及待解開她的衣裳，伸了進去，她的胸脯仍然是那麼柔軟、那麼敏感，喬凌寰忍不住搓揉起來，他愛極了她的呻吟。

第八章

「嗯……啊……」

「很好，就是這樣、就是這樣。」他的雙手在她身上游移，找尋美麗的滋味。

梅亞里不曉得他在說什麼，她什麼也不願想，順從渴望摟住了他，享受他帶給她的歡愉，這時……

有人走了過來！

梅亞里心中的警戒大起，她迅速推開喬凌寰，動作之快讓喬凌寰措手不及。她從縫細中看到是爺爺走了過來，不由得吃了一驚。

「糟糕！是爺爺！」說完她發現身上的衣服已被褪下，不由得滿臉通紅。「你！」她大發嬌嗔。

「妳不是很喜歡嗎？」他指她剛剛的反應。

「我哪有！」她吼了起來，隨即發現自己實在太過大聲，爺爺甚至往這邊瞧了過來。她心下大驚，連忙推著他。

「快走！」

第九章

梅亞里將喬凌寰帶回自己的房間，還好一路上都沒有遇到人，要不然她真不知道要怎麼解釋。

她望著外面，大部分的人都還在聊天，這也難怪，雖然偶爾有聯絡，但整個家族要聚在一起的盛會一年只有一次，不把握這次的機會怎麼可以？所以也就沒人注意到她了。

「你是怎麼找到我的？」她放下窗簾。

「只要注意最近國際被竊的幾個大案子，我想……跟妳大概脫不了關係。」他撫著她波浪狀的秀髮，感受那絲緞般的滑潤。

「我最近可沒下手！」她抗議起來。

「我知道，所以我才一直找不到妳。」

第九章

梅亞里望著他澄澈的眼眸，再加上他的話，細細推敲……靈光一閃。「最近一直在跟著我們的，真的是你？」

「如果不這樣，怎麼找得到妳？」他撫上她的臉龐。

「你知不知道這樣，把我們搞得人心惶惶？」梅亞里想要發脾氣，怒火卻點不起來。見到他，什麼氣都消了，而且在經過被思念啃蝕的日子後，他的出現，無疑撫慰了她的心靈……她有種被救贖的感覺……

「只要能找到妳，其他的事我不管。」

「你……」梅亞里動容了，「你不在乎……我是什麼身分？」她低下頭，不敢聽他的答案。

「我早就知道了。」

「那你還對我有興趣？」她抬起頭來，雙眼盈盈。

「我有興趣的是妳的人，不是妳的身分。不管妳是誰，只要妳是我的人，其他的……我都不在乎。」他的手已順著她的臉頰滑到她的脖子，柔順細緻得彷彿上等的瓷器。

若非如此，他怎會追她到這裡來呢？

「你這樣……會讓我愛上你喔！」梅亞里盡是感動。

「什麼？妳還沒愛上我嗎？」喬淩寰裝作吃驚，用力將她拉入懷中，不客氣的占有她的身體，在她耳畔邪惡的道：

「難道那麼多次了，還不能讓妳愛上我嗎？」

梅亞里臉色一紅，嬌嗔：

「無聊！」

「我就讓妳……好好愛上我。」

梅亞里看他又要有舉動，連忙制止他。「不行！」

「為什麼？」

「太危險了。」她很害怕隨時會有人過來。

「可是我好久沒見到妳了，我好想抱抱妳，聞著妳的氣息，妳的味道好甜、好香，如果可以的話，我好想把妳吃下肚……」他用力的抱緊她，梅亞里感到每個部位都被他擁得滿滿的。

「除非你把我分屍，做成叉燒包下肚。」她嘻鬧著。

喬凌寰笑了起來，他才捨不得呢！

「亞里……」他咕噥著說道。

「什麼？」

「沒什麼，只是……想叫妳的名字。」就連她的名字也是那麼美，值得細細咀嚼，愛一個人的時候，名字也值得細細品嘗。

「我愛你。」

喬凌寰迎進她晶燦的眼眸，和她徜徉在愛潮之中，只要這樣抱著，身體就會感到歡愉，對她的渴望，已滲入到靈魂深處……

他要跟她，一起到天堂。

「亞里？妳在嗎？」

門口傳來敲門聲，梅亞里一驚，慌亂起來。

「糟了！是亞希！她怎麼來了？」

「妳鎮靜點。」喬凌寰看著她的模樣，不覺好笑。她就像藏了情夫的女人，害怕被抓姦。

「怎麼辦？怎麼辦？對了！你快點躲起來！」梅亞里連忙將他推到浴室，喬凌寰跟她抗議起來。

「嘿！」

「噓，不要說話。」不理會他的抗議，梅亞里將門關好，鎮靜下來，等確定自己沒什麼異狀，才敢開門。

她打開門，梅亞希站在外面。

「妳在房間幹什麼？怎麼那麼慢？」梅亞希不解的看著她。

「沒、沒有啊！」

梅亞希發現梅亞里雙頰酡紅，雙眼發光，呈現一種迷人的嬌憨，她搞不懂梅亞里發生什麼事，問道：

第九章

「我是來問妳要不要去騎馬?格非斯、梅格麗都要去。」

「你們去就好了。」

「妳回到這裡來以後,整個人都不對勁,妳如果一直悶在房間的話,大家會很擔心的,還是……」她的語氣一柔,「妳在氣我把妳騙回來?」對她,梅亞希是感到抱歉的。

「不,沒有……」

「其實我也不想這麼做,只是妳跟他的身分實在太敏感了,要是爺爺知道妳跟那個人在一起的話,妳說他會怎麼辦?」畢竟她是梅亞里的姐姐,所做的一切也是希望她好。

「我真的沒事,妳別想太多。」梅亞里只想把她趕走。

「真的?」

「嗯。」

「好,那待會就跟我們去騎馬吧!屋子裡也沒什麼好玩的,走吧!」

「我想在屋子裡。」

「妳這樣的話，我會以為妳還在生氣。」梅亞希看著她，面對她的邀請，梅亞里無法拒絕，她動了動嘴唇，最後道：

「好，我跟你們去。」

梅亞希滿意了，拉了妹妹就走。梅亞里望了一下屋裡，希望喬凌寰不會被人發現。

※　　※　　※

晴朗的天氣有些炙熱，策馬奔馳在無際的草原，這樣大汗淋漓、恣意揮灑青春也是一件暢快的事。幾個年輕人相互較勁，才不管什麼禮讓呢！先贏了再說。

最後一名的是梅亞里，她騎在顛簸的路上，風撲打在她臉上，頭髮遮擋了她的臉龐，她的心思卻在喬凌寰的身上。

怎麼辦？他在她的房間安不安全？如果他跑出來，被其他的人發現的話，會不會遭遇不測？雖然傷人不是他們的宗旨，但若危及到整個家族的話，實在不知道會對他做出什麼不利的事情。

第九章

梅亞里還在沉思，梅格麗邊騎馬邊回過頭來，對著她嚷著：

「亞里，妳的技術退步囉！妳都差我一大截了。」她十分得意，去年的這個時候她還跟在最後面呢！

梅亞里想起自己還在馬上，她這樣邊想事情邊騎馬是很危險的，她揮了揮鞭子，讓馬兒往前奔去。

梅格麗看到她奮起直追，在後面哇哇叫了起來：

「啊！啊！妳怎麼可以騎那麼快，等等我啦！」她也策馬向前，不過還是跟在她的後面。

梅亞里想藉著揮灑汗水，把一切不愉快的事情拋到腦後，她更加用力的揮舞馬鞭。大概是感受到背後主人的不耐，馬兒抗議起來，牠昂首嘶吼，前腳高舉，梅亞里反應不及，硬生生從牠背上摔了下來。

「啊！」梅格麗尖叫起來。

在前方的格非斯和梅亞希聽到叫聲，紛紛轉過頭來，見到梅亞里從馬背上摔了下來，全部驚吼起來。

「亞里！」

世界……翻覆了！

梅亞里感到天地開始旋轉，像是墜入黑洞，有一股吸力將她往地獄拉……她心頭一驚，連忙將身子蜷成蝦狀，讓背部著地，然後在草地上滾落，還好她及時把腳從馬鐙上抽出，要不然被馬兒拖著跑可不是好玩的。

感受到背上重量一輕，馬兒向前狂奔，離開了梅亞里。

一直滾、一直滾，梅亞里連滾了好幾圈才停了下來，她心有餘悸的趴著，連氣都不敢喘。

她張大眼睛看著眼前的草地，還有和地平線交錯的天空，她有種錯覺，彷彿靈魂已經脫離身軀……

格非斯和梅亞希都趕了過來，跳下了馬，他們呼喚著：

「亞里？亞里？」

「亞里、亞里啊——」梅格麗呼天搶地的喊了起來，好像她真的靈魂出竅了。

第九章

梅亞里趴在地上，一動也不動，嚇得梅格麗哭了出來，梅亞希和格非斯則是衝到她的身邊，不斷呼喚她的名字。

「亞里、亞里……」

「嗚……吵死了！」梅亞里用手撐地，讓上半身起來。

「亞里……嗚……還好妳沒事……嗚……」梅格麗抱住了她，哭著嚷道：「好啦！我再也不跟妳比賽了。不比了、不比了。」

「小姐，拜託妳幫幫忙，我還沒死。」梅亞里推開了她，氣呼呼的道。

「亞里，妳怎麼樣？還好吧？」格非斯關心的問道。

「腳好……痛……」劇痛從腳傳了過來，梅亞里這才感覺到活著，她的眉頭皺在一起。

格非斯見狀，臉色凝重的道：

「我們馬上回去，亞希，妳牽亞里的馬回去。格麗，妳過來幫忙扶亞里到我的馬上，快。」

※　　※　　※

喬凌寰從窗口看到的狀況就是這樣，梅亞里和格非斯騎在馬上，兩人親暱的靠在一起，下馬的時候還由他抱下馬，一點都不避嫌。看到格非斯碰到她的手、她的腳，他有股衝動想殺人！

她是他的！

梅亞里一被格非斯抱下馬，立即察覺到不對勁，這種感覺她太熟悉了……像是冰冷的毛毛蟲爬遍全身，讓她感到很不舒服。

她迅速往周圍看了一下，發現喬凌寰正站在她的房間，透過窗口向她看來。

他那是什麼眼神？極度的憤怒、不滿，似乎在對她作最嚴厲的指控。這個男人怎麼這麼容易生氣？而且還生氣得很莫名其妙！

可惡！她會受傷還不都是他害的！要不是在騎馬時還想著他的事情，她也不會落到這個地步……

「啊！痛、痛！」腳碰到地的時候，她叫了起來。

第九章

「亞里？妳還好吧？」

梅亞里大口的喘著氣，決定不再理喬凌寰。

其他的人見到梅亞里受傷，紛紛上前關心，看到這麼多人聚攏過來，梅亞里感到有些頭痛。

格非斯排開眾人，帶梅亞里去找有醫生執照的梅樂蒂。從馬上跌下來只有些許的擦撞及扭傷，簡直是不可思議的幸運。要不是她從小就受過一些訓練，知道遇到意外要如何保護自己，恐怕她早就凶多吉少了。

不過梅樂蒂怕她有腦震盪，還是叮囑她多休息，在上藥包紮後，梅樂蒂吩咐格非斯帶她回房間。

格非斯抱著梅亞里，在快到她的房間時，梅亞里說話了：

「到這裡就可以了。」

「還沒到呢！」

「沒關係，我自己進去就好了。」她掙扎著要從他的懷中下來，格非斯抱緊她嚴肅的道：

「不行，妳傷成這樣根本不能走動，我抱妳進房間就可以了。」

「不用麻煩了。」

「我知道妳向來很勇敢、很獨立，但不是現在好不好？乖，不要逞強了，聽舅舅的話。」格非斯拿出舅舅的威嚴，梅亞里不敢再說什麼，心裡卻暗暗焦急。慘了！慘了！喬凌寰還在房間，要是被他發現的話可怎麼辦？

「格非斯，我自己下去就可以了！」她還在掙扎。

「好了、好了，看，到了。」

格非斯想辦法打開了門，將梅亞里抱了進去。梅亞里緊張不已，她怕格非斯會跟喬凌寰對上，結果一打開門，什麼都沒有。

驀地，他蹙緊眉頭，梅亞里緊張的問道：

「怎麼了？」

「有股香味……」

第九章

「是我的香水味吧？我剛買新的。」梅亞里連忙說道，格非斯不疑有她，將她放到床上。

「來，躺著。」

梅亞里喬好一個最舒適的姿勢躺下，兩眼不停的張望。喬凌寰人呢？她不相信他會這麼輕易就離開，但是人卻不見了。

見她不停張望，格非斯疑惑的問道：

「亞里，妳在找什麼？」

「沒、沒有啊！」她冷汗直冒。

「妳看妳都流汗了，我去拿水給妳擦一下。」格非斯說著就到浴室去，梅亞里心頭一驚，想要制止他。

「等一下！格非斯！」

「什麼事？」格非斯轉了過來。

「呃……沒事……」她驚悸的睜大眼眸，卻不敢表現得過於明顯，格非斯只當她是墜馬之後驚嚇過度，沒有太在意，轉身走進浴室，梅亞里閉著眼，不敢想像……

一秒鐘、兩秒鐘……沒有什麼聲音，她才偷偷張開眼睛。

沒事？怎麼可能？

正在狐疑著，見格非斯擰乾毛巾出來，梅亞里接了過去擦臉，心下卻疑惑著。喬凌寰不在？他真的跑走了？

她鬆了口氣，卻也悵然若失。

「還需要什麼嗎？」

「沒有了。」

「那妳先休息吧！晚一點我再來看妳。」

※　　※　　※

「你們可真是關係密切啊！」格非斯走後，梅亞里才看到喬凌寰從陽臺走了進來。

「喬！」她眉開眼笑，慶幸他還在。「你剛剛躲起來了？」她不由得鬆了一口氣，還好他沒被發現，也還好……他沒離開，要不然她會以為和他的相遇，只是她的想像。

「好讓你們兩人獨處啊！」

「你在說什麼？」她討厭他口氣裡的曖昧。

「妳倒是跟格非斯很熟悉啊！」

「我們本來就很熟啊！」聞到他嘴裡的酸味，梅亞里不禁笑了起來，「不是都說過了，他是我舅舅嘛！幹嘛還這麼生氣？」這個男的很愛吃醋喔！不過也讓她發現他可愛的一面。

他是在乎她的，要不然怎麼會有這些行為？

喬凌寰悶不吭聲，臉色凝重，梅亞里帶著討好的表情，撒嬌的道：

「幹嘛？這樣就不高興啦？我最愛的還是你，你忘了嗎？你大可不必跟他計較的。」

他的表情稍霽。「我知道妳跟他很好，不過妳還是跟別的男人保持一點距離。」他霸道的道。

「再說囉！」她打趣著。

喬凌寰從鼻子裡哼出聲音，神色冷峻，梅亞里知道她犯了他的大忌，他這個人很霸道的，才順著他的意道：

「好，我會注意的。」不論如何，她的心底甜甜的。

「妳的傷怎麼樣了？」

「這時候才注意到呀？」梅亞里還以為他只顧著吃醋，都忘了她受傷呢！「右腳扭到了，還好沒有骨折，只是可能要躺在床上一陣子。」看著被包得像肉粽的右腳，她不禁嘆了口氣。

喬凌寰蹙著眉，口中說出驚人之語：「這樣妳要怎麼跟我走？」

「什麼？」要不是腳受傷，她可能就跳了起來。梅亞里吃驚的看著他，喬凌寰則一臉正經。「走？去哪裡？」

「我來這裡，就是要把妳帶回去。」他鄭重的道。

「你……」

第九章

「我不要妳再離開我身邊，我要妳在我身邊。」他坐在她身邊，沙啞的道，低沉嗓音裡富含濃烈的熱情，梅亞里早已無法自拔。

分開之後，才知道兩人原來是契合的，硬生生的拔開，靈魂是痛苦的。

「喬……」

「等妳傷好了，就跟我一起走好嗎？」他柔魅的嗓音是魔鬼的邀請，梅亞里很難說不。

「但是……」

「妳不願意？」他的眉頭一蹙，梅亞里連忙抱住他道：

「不，我當然願意跟著你，只是……」她眼神一黯，「我們是多麼的不同，你也知道的，我們的身分相當敏感，在一起一定會有很多的問題，你真的願意跟我一起面對嗎？」她怕他只是一時的迷惑。

「我來了，這還代表不了什麼嗎？」他讓她直視他的眼睛。「我既然來了，就不在乎那些，只要妳在我身邊，什麼都不是問題了。」他自信滿滿的說道。

「可是……」

「妳在懷疑我嗎？」

「不……」她當然不懷疑他，只是……她的身分……真的能讓她毫無顧忌、拋下一切隨他而去嗎？

「相信我。」他信誓旦旦的道。

※　※　※

接下來的日子簡直過得提心吊膽，雖然說梅亞里已經習慣了當賊，但在房裡藏了一個男人，還得隨時提防他人發現，簡直比當賊還煎熬。更何況，家裡這些人個個都精明幹練，沒被他們發現，是因為他們絕對想不到，在這片屬於他們的天地裡，會有一個外人存在。

「妳家……可真熱鬧啊！」喬凌寰從窗戶望出去，算一算，有幾個賊還是各國博物館的公敵呢！如果供出去的話，又可以在他的輝煌紀錄上添加一筆。不過，他可不想自找麻煩。

「你想對他們做什麼？」梅亞里警戒起來。

第九章

「什麼也不做。我這次前來的目的，只是要把妳帶走。」知道她對她的家人感情深厚，喬凌寰自然不想做讓她難過的事。

「你真的不會對他們下手？」她還是擔心。

「我保證。」

叩！叩！

門一響，喬凌寰很自動的翻到床底下，並悠閒的調整好姿勢，而梅亞里見他藏匿妥當，才朗聲道：

「進來。」

「亞里，我來送晚餐給妳了。」梅格麗拿著托盤走了進來。為了梅亞里受傷的事，她歉疚了好幾天，如果當初她不跟梅亞里比賽的話，她就不會出事了，所以這幾天她拚命幫梅亞里跑腿以示補償。

「謝謝，放桌上就好了。」

「妳先吃嘛！」

「我等一下再吃。」

「亞里……妳是不是……還在生我的氣？」梅格麗頭低低的，滿臉愧疚，只差眼淚沒掉下來。梅亞里知道此事對梅格麗的衝擊很大，她總覺得是自己的錯，趕緊安慰道：

「我不是說了好幾次，真的不用在意嗎？而且妳看我還好好的，什麼事也沒有，妳就不用難過了。」

「那妳怎麼不吃飯？」

梅亞里無奈的嘆了一口氣，她這人向來吃軟不吃硬的，所以才會敗在喬凌寰的手上。

「好，我吃。那妳等一下再過來吧！」

「好。」梅格麗喜滋滋的跑了出去。

確定她完全離開之後，梅亞里才俯身，對著喬凌寰道：「可以了。」

喬凌寰爬了出來，拍拍身上的灰塵，坐在梅亞里的身邊打趣的道：「也許有一天，我會成為妳的夥伴。」

「怎麼說？」

「偷偷摸摸的，就像個賊一樣。」

梅亞里笑了起來。「那好呀！我們就做個鴛鴦大盜，偷盡世界上的寶物，這個主意不錯，你要不要考慮轉行？」他的能力不錯，她打算邀他合作，或許能闖出一片新天地。

「我只考慮偷一樣東西。」

「什麼東西？」

「偷妳。」他輕笑著用下巴抵住她的額頭，並迅速的在她臉頰上吻了一下。要不是顧及她的傷勢，他早就把她帶走了。

「你已經到手了，不是嗎？」梅亞里環住他的脖子，和他款款相視。

「神乎其技的是妳，妳竟然可以從我身上偷到東西。」

「喔？什麼東西？」

「我的心。」

「喬……」梅亞里甜蜜蜜的叫著他的名字，他的心意是如此坦率，甚至還能找到她，實屬不易，這樣的男人……她也不想罷手。

氣氛如此美好，情境如此浪漫，雖然環境不太適宜，不過難忍澎湃的濃情，兩人四目繾綣，勾起最渴切的慾望，挑動最敏感的地帶，凝視如同摩擦，力量不斷蓄積，眼看就要噴薄而出……

「亞里，我是樂蒂姑媽，我來看妳了！」梅樂蒂在外面叫道。

咻！

喬凌寰的身影，立即消失在視線之內。

※　　※　　※

「亞里吃完了啊？她最近胃口不錯喔！」梅亞希接過梅格麗收好的碗盤，驚訝於梅亞里最近的食量，幾乎是平常的兩倍，而且這還是她要求的，不免讓人錯愕。

「對啊！吃的多才好得快嘛！」梅格麗單純的道。

第九章

「這樣吃，她不怕胖嗎？」再怎麼說亞里也是女人，梅亞希總覺得這個妹妹最近不太一樣。

「妳們都在這裡啊！」格非斯進入廚房，走到冰箱前面打開冷凍庫，「有誰看到我的冰淇淋？」

「沒有。」兩人異口同聲。

「怪了，我昨天才買的說……」格非斯把冷凍庫裡的食品翻來覆去，就是沒看見。

「也許是被誰吃掉了。」梅亞希道。

「亞里吧？我剛送晚餐過去，她的桌上有一桶冰淇淋。」梅格麗想到剛送餐過去的時候，桌上就有證據。

「被她吃了？」梅亞希挑高了眉，亞里的確愛吃甜，但不是沒有節制。

「她不是腳受傷了嗎？怎麼到廚房來的？」格非斯記得這幾天，都是由他們幾個到她房間輪流照顧，根本不需要她下床。再說她怎麼知道，他買了一桶冰淇淋放在冰箱呢？

「我也不知道，或許是被別人吃了。」梅格麗覺得他們兩個好奇怪。

梅亞希和格非斯兩個人沒有說話，彼此望了一眼，覺得似乎有什麼事情，是他們所不知道的……

※　※　※

「亞里！亞里！」

梅亞希在門口又是敲門又是叫喚的，都沒有回應，她忍不住將門推了推，門是鎖起來的，她忍不住皺起眉頭。

「亞希，妳找亞里幹嘛？」梅格麗疑惑的看著她，剛在廚房談完話，她跟格非斯就來到梅亞里的房間，她被搞得一頭霧水。

梅亞希沒有回答，依舊敲著門猛叫：「亞里！亞里！」

「也許她睡了。」梅格麗說道。

「但是我們這樣叫她，她應該會起來了。」

「你們好奇怪。」梅格麗不解的望著他們，年紀尚輕的她，還沒有其他人對外在事物那麼敏感。

梅亞希也不知道是不是真的有事，不過梅亞里自從受傷之後，都躲在房間，照她的個性，即使是情傷的那一陣子，也在戶外，整天對著藍天白雲長吁短嘆，現在行動不便，竟然不會叫他們帶她出去？這可就奇了。

「亞里！」梅亞希再度叫著，這時候終於傳來：

「什麼事？」

「妳睡了嗎？」

「還沒。」

「可以開門嗎？我們要進去了。」

「等一下。」

半晌之後，終於見到梅亞里拐著腿過來開門。進去之後，梅亞希就忍不住半責難：

「妳在做什麼？為什麼這麼久都沒應聲？」

「我在廁所。」

原來如此。梅格麗望了梅亞希一眼，覺得她有點小題大作，梅亞希也覺得自己太超過了，但仍道：

「那妳房門也沒必要鎖啊！我不是說過了嗎？妳的門就不要鎖了，這樣我們才能隨時進來照顧妳。」

「我待會就要睡了啊！難道你們還要進來參觀我的睡姿嗎？」這幾天喬凌寰和她同床共枕，她睡得好極了，怎麼能讓他被別人發現？

也是，或許是自己想太多了，梅亞希說：「好，那妳就先休息吧！」

「早點睡吧！」格非斯上前抱了她一下，才跟著梅亞希和梅格麗走了出去，臨走前順便替她把門關上。

他們走了之後，梅亞里才鬆了一口氣。

「可以進來了。」

喬凌寰從屋頂上探下頭，確定沒有其他人，才從上面跳了下來。他矯健的姿勢像極了行動敏捷的豹，動作相當完美。

「都走了？」他走到她面前。

「嗯。」

「不會再來了吧？」

「應該不會了，我跟他們說我要睡了。」

「那好，我們再繼續去屋頂上吧！」適才賞月賞到一半就被打斷，好好的氣氛被人破壞，喬凌寰不是很滿意。他準備抱起她，再次回到兩人世界，然而梅亞里低呼起來⋯⋯

「不行！萬一他們又過來怎麼辦？」

「沒關係，妳就說妳睡了。」喬凌寰淺笑著，抱著她往外面走，梅亞里微微抗議，然而喬凌寰卻置若罔聞，依舊帶著她到屋頂上。看來，這個喬凌寰滿適合融入他們家族的。

第十章

「妳什麼時候願意跟我走？」喬淩寰和梅亞里躺在草地上，看著被一縷輕紗似的薄霧籠罩的夜空，透過這層輕紗，窺視到蒼穹的美麗。

梅亞里枕在他的手臂，貼近他的胸膛，幽幽的道：

「我也不知道。」

「妳不想跟我在一起嗎？」

「不、不是，只是……」選擇他之後，勢必要脫離舊有的生活，與她的過去分割；若選擇了家人，與他的分離滋味……她已經嘗過了。要如何在他與她的家人、她的過去之間做選擇？都是相當為難。

「還沒下定決心嗎？」

「如果答案是你不想聽的呢？」

第十章

「那麼……我就繼續待在妳身邊，直到妳答應為止。」他站起身，阻擋了她的視線，卻也將他的俊美臉孔展現在她眼前，梅亞里不由得伸出手，輕輕的撫觸。

「你有沒有發現，你滿無賴的。」

他低沉的笑了起來。「這是為了妳。」

梅亞里閉上了眼睛，心底甜甜的，她可以感到他的部分，在她的心底逐漸擴大……不是說她忘了家人，而是她已明白，她另外的生命，就在他身上，如果她選擇離開他，那麼，未來也不完整。

她很清楚，她的心，已經被他偷走了。

不論她做了什麼決定，她清楚，她絕不後悔。

※　※　※

「格非斯，你有看到亞里嗎？」梅亞希坐到格非斯身邊問道。現在正是用餐時間，所有的人都在餐廳裡，圍著長長的餐桌，眾人的聲浪幾乎快蓋過了她的問話，格非斯要將耳朵靠近她才能聽得清楚。

「她不是在房間嗎？」

「對啊！我本來想問她要吃什麼？我送過去給她，卻沒有見到她。」最近的亞里，真是越來越詭異了。

「我去看看。」

格非斯離開了餐桌，梅亞希跟在他的身後，兩人來到了梅亞里的房間，他敲了敲門。

「亞里？」

沒有回應。

「我剛剛來的時候就沒見到她的人。」梅亞希說著。

「妳有進去看嗎？」

「房門鎖著。」

「會不會在睡覺？」

「不可能，亞里沒那麼好睡。」畢竟是一起長大的姐妹，再加上職業使然，梅亞里

第十章

不可能睡得像死豬。

格非斯也了解這個道理，他有種不好的預感，便從口袋裡取出工具，準備朝門鎖孔下手。

「你要幹嘛？」梅亞希相當訝異，下手下到自家人來了？

「看看亞里是不是還在？」要不然沒辦法。說話的同時，門已經打開了，格非斯一踏進去便喊她的名字：

「亞里？」

梅亞希也跟他進來，沒有任何人的蹤跡。

除了陽臺窗戶大開，送進夜晚的涼風，梅亞里的房間空無一人。唯有空氣還泛著淡淡的味道……格非斯皺起眉頭，隨後露出驚異的表情，梅亞希見狀趕緊問道：

「怎麼了？」

「這個味道……該死！我怎麼沒想到呢？」他用力拍了一下自己的額頭，責怪自己的粗心。他早就知道了，不是嗎？

「你在說什麼？」梅亞希覺得不安。

「那個人來了！」

「誰？」

「當初綁走亞里的人！」

「你是說喬凌寰？」梅亞希更加錯愕了，「他怎麼會到這裡來？你怎麼確定是他？」

「因為味道……我曾經在他的別墅聞過同樣的味道，除了他來到這裡，這種男人的香水亞里不可能會擦。該死！我怎麼被騙了！」格非斯相當肯定的說道。除了專業技術外，靈敏的嗅覺也是生存的要件。

「他把亞里帶走了？怎麼會這樣？」神不知鬼不覺，將梅亞里從大家的眼前帶走，這個男人太危險了。

「不過……亞里應該是自願的。」格非斯淡淡的道。

「怎麼可能？他是什麼身分？我們跟他是對立的角色，不同世界的人，亞里怎麼

第十章

可能會自願跟他離開？」梅亞希不相信。

「如果亞里不是自願，怎麼可能一點線索都沒留下？況且這個味道已經留在她的房間好幾天了，我現在才想起來，這不是女性的香水。」而梅亞里謊稱是她用的香水，那就表示她隱瞞那個人在這裡，已經好幾天了。

這麼說好像也有道理，可是一想到亞里就在喬凌寰手上，會出什麼狀況？梅亞希還是十分擔心。

「現在怎麼辦？」

「他們應該走不遠，看來……只好通知梅林了。」

※　　※　　※

米蘭是義大利的心臟，是個極容易令人有時空錯亂感覺的地方，既有昔日哥德建築最高傑作的大教堂，也有走在時代尖端的時裝設計與最新潮的作品，它是許多藝術和文化遺產的歷史都會，是個掌有豐富觀光財富的地方。

不過喬凌寰目前沒有心思去欣賞這個國家，他現在只希望盡速通過海關，只要上了飛機，就可以離開這裡了。

「腳還痛嗎？」

「不會了。」

「如果不舒服的話，可以靠在我身上。」也不管她同不同意，喬凌寰將她拉到他身上，兩人親暱的舉動落在旁人眼中就是熱戀中的男女，絕對想不到男人懷中的女子竟是舉世聞名的通緝犯。

「這樣不太好吧？這麼多人在看。」她不習慣成為焦點，這太不符合她的行事原則。

「妳太緊張了。」

「那也是因為你的緣故！」梅亞里不服的道。

喬凌寰沉聲笑了起來。「那是我的榮幸。」

此刻他們已走到海關人員面前，將護照交給他們，只見那名檢查護照的人員見到他們時，臉色不太對勁，跟旁邊的人迅速的交談幾句，喬凌寰見情況不對，便用簡單的義語詢問：

第十章

「有什麼問題嗎？」

對方沒有回答，很快地，駐守在機場的警衛立刻趕了過來，喬凌寰不是很懂他們在說什麼。

「怎麼了？」他轉向梅亞里詢問。

「他們說我們的護照有問題。」梅亞里亦是相當訝異。

喬凌寰揚起了眉，他的護照出問題，這還是頭一次，此時有一人用著彆腳的英語對著他道：

「請跟我們過來。」

在不知道發生什麼的情況下，喬凌寰和梅亞里對望了一眼，兩人決定跟他們過去，不想起任何衝突。

※　　※　　※

坐在機場的偵訊室裡面，這種感覺喬凌寰並不陌生，他望著外頭緊張的人員，相較之下，他反而顯得從容多了。

「好奇怪，你的護照怎麼會有問題？」梅亞里不可思議的看著他。

「也許不是護照，可能只是人為的疏失。」

「等一下搭不上飛機的話，可要叫他們賠償。」梅亞里亦是相當輕鬆，她這個常持假護照出關的人都沒問題了，倒是喬凌寰在機場就被扣留。聯想起當初的邂逅，她忍不住微笑起來。

「想什麼笑得那麼詭異？」喬凌寰見她笑得好開心。

「沒什麼。」她連忙擺正臉色。

他揚起眉毛，不太相信。「嗯？」

「好嘛好嘛！說就說嘛！我只不過想到當初我們第一次見面的狀況，也是在機場而已，並沒什麼其他意思。」

對了，當初就是那顆「海神的女兒」的關係，才讓他們認識。

「妳倒是笑得很開心。」他假意惱怒，梅亞里一點都不在意。

「要不是那樣子，我們怎麼認識？你又怎麼會愛上我呢？」她好無辜的道，一點都

第十章

不擔心被扣留，還玩弄著他的頭髮。

「所以……妳一點都不覺得愧疚？」喬凌寰向她逼進，由於腳還在疼痛，梅亞里根本沒有辦法移動。

「你不是也拿走我的心作為報復了嗎？」

「妳以為這樣就夠了嗎？」喬凌寰正色的道。

「難道還不夠？要不然你想怎麼樣？」

他目光一柔。「我要妳用妳的一生來補償。」

梅亞里笑意盈盈，雙眼顯得格外晶燦，她知道他要的永遠不夠，而她亦心甘情願。

「是，我知道了。」

兩人的氣氛相當輕鬆，而外面走進來一名員警，他的臉色相當凝重，梅亞里都想叫他不要那麼嚴肅。

「喬先生是吧？有人要見你。」

「誰呀？」梅亞里好奇的詢問，待她見到員警身後走進來的那名精神矍鑠、滿頭銀髮，留著落腮鬍的老者時，不禁喊了起來：

「爺爺！」

※　　※　　※

走進來的正是梅林，聽說是黑道的魔法師，在他年輕的時候，他偷竊的技術高超、出神入化，上流人士聞之色變，富豪商賈為之喪膽，因為他行竊沒有理由，只憑他高興，這一點，他所調教出來的子弟們倒是跟他很像。可惜沒有直接證據，要不然許多罪名就可判他個上百年的刑期。

不過梅林彷彿不在乎，他在員警的招呼下走了進來，並屏退了他們。在米蘭，他的身分可不尋常，是個權勢顯赫的人物。

「爺爺……你怎麼會在這裡？」梅亞里看到爺爺，臉色都白了。

「妳又怎麼會在這裡？」

「我……」被他反問，梅亞里反而不知該如何是好，她咬著下唇，相當的無措。在爺爺的面前，她始終是個含著奶嘴的小娃娃。而且這件事她自知理虧，不應該連一聲

第十章

報備都沒有就離開了。更何況，她還是和一個跟他們對立的人離開。

梅亞里臉色青白交錯，神色相當不安，喬凌寰見情況不對，站在她的面前，還來不及開口，梅林又說了：

「你就是喬凌寰？」

「是的。」

梅林凝視著他，喬凌寰沒有退讓，兩個男人相互對望，氣氛瞬間沉重起來。梅亞里在一旁小心翼翼，彷彿稍一不慎，便會點燃引線，這等凝重，令她差點不能呼吸。

「爺爺……」她怯怯的開口。

「這就是……妳要跟他走的男人？」梅林向她望了過來，看不清他臉上是什麼表情，梅亞里充滿了心虛，相當不安。

「我……」

「沒錯，她就是我要帶走的女人。」喬凌寰替她開口了。

梅亞里抬起頭來，愕然的望著他，不敢相信他這麼大膽。她知道他無所畏懼，但是……當著梅林的面講這種話，不是要她死嗎？

「喬！」她拉了拉他的衣袖，喬凌寰給了她一個鼓勵的眼神，梅亞里知道他的用意，但仍免不了擔心。

「你很勇敢，年輕人。」梅林平淡的語氣從鬍子後面傳了出來，讓人猜不透他的心思。

「好說。」

「爺爺，你別怪他，是我自己要跟他走的。」怕梅林會對他不利，梅亞里決定先把過錯攬到自己身上。

「亞里！」喬凌寰喝斥著，他不要讓她遭受責難。

「喬，你別說了，爺爺他既然能找上我們，我們……」她說不下去，只是虛弱的望著他，對家人她有著濃烈的感情，不想與他們決裂，所以才偷偷跑走，沒想到這麼快就被發現了……想不到繞了一圈，還是回到原點。

望著她悽然的表情，喬凌寰連忙說道：「事情還沒到妳想的那種地步。」

第十章

「你倒是很有自信。」梅林冷冷的說。

「我並不想和你作對，『爺爺』，如果你容許我這麼叫你的話。」喬凌寰停了一下，見他並沒意見才繼續道：「我希望你能讓我帶亞里走。」

「你將亞里從我們身邊偷走，還想讓我放你們走？」梅林張大了眼睛。

「這的確是我的過錯，在這裡，我向你道歉。不過就算我站在你面前，客氣的請你將亞里交給我，你會這麼做嗎？」

梅林望著喬凌寰，眼中有不同的評判。「所以你就用這種手段？」

「我以為……你們應該很習慣這種偷偷摸摸的手段。」喬凌寰這番不怕死的發言，梅亞里差點被他嚇破膽子。

「喬！」

他就算狂妄，也不能對爺爺這樣子啊！萬一惹怒爺爺怎麼辦？她擔心的看著梅林，梅林仍是一副高深莫測的模樣，讓人猜不透他的心思。

「你很敢說話。」梅林面無表情。

喬凌寰不可置否，一點也不在乎梅林對他的評價。他重視的只有梅林是否要帶走梅亞里，其他的並不在乎。

「如果爺爺能成全我們，我們會很感激的。」

「我不需要感激，我只知道，你一聲不響就要帶走我的孫女，哪那麼容易？你以為米蘭是個來去自如的地方嗎？既然我會在這，就不會讓你如意。如果你真的要帶走亞里的話，拿出本事來。」梅林嚴肅的道，梅亞里見到他的表情，心臟都吊高到喉頭了。

「爺爺，你要幹什麼？」她吃驚問道。

「你以為將亞里從我身邊帶走，就算成功了嗎？這裡是米蘭，如果你沒辦法帶走她的話，我也不會為難你，請你自行離開。」

「你的意思是？」喬凌寰覺得他話中有話。

「一個鐘頭，我只給你一個鐘頭的時間，你要是有本事的話，就不要讓我在這段時間內找到你，我們亞里不需要一個沒本事的人。」梅林不知發什麼神經，竟然跟喬凌寰訂下這種約定，而喬凌寰竟然也大聲說好：

第十章

「你要說話算話！」

「放心，我什麼都偷，就是不偷承諾。但如果你失敗的話，從此不准再踏上米蘭一步。」

「一言為定。」

兩個男人說得鏗鏘有力，只差沒擊掌明志了，而一旁的梅亞里眼珠子快要掉了下來。

天……啊！這到底是怎麼回事？梅亞里驚愕的望著眼前兩個男人，竟然就這樣做出承諾，操縱著她的未來？

※　※　※

飛機從跑道上起飛，發出震耳欲聾的運轉聲，而機場內的人們依舊忙碌……看起來以喬凌寰和梅亞里最為忙碌。他們得在一個鐘頭內離開機場，還不能被抓到，好不容易找到一個藏身處，兩人才得以對話。

「你怎麼跟我爺爺訂下那種約定？」梅亞里埋怨著。他們暫時躲在廁所，外面掛著打掃中的標示，免得有人進來發現。

「那種情況下，由得我說不嗎？」

想想也是，梅亞里不再抱怨，只是仍然擔心著：

「如果被抓到的話……要怎麼辦？」外面都是他們的人，一不小心就會露餡的。說來不誇張，起碼有三、四十人在外面，除了親戚之外，還有他們的手下，個個都是菁英呢！

「放心，我不會讓他們把妳帶走的。」

「我知道你很有自信，可是也要看情況，現在我們不但出不了海關，連大門也沒辦法通過，在這裡進退兩難。」

「一定會有辦法的。」喬凌寰陷入沉思，他思考的表情相當凝重，梅亞里也不再吵他。

她也希望能想出辦法，但面對這刻不容緩的情況，她還真不知該怎麼辦。

須臾，喬凌寰突然抬起頭看著天花板，梅亞里見他舉止古怪，正要發問時，喬凌寰回過頭，揚起了微笑。

「就這麼辦吧！」

「什麼？」

「待會妳就知道了。」

※　　※　　※

梅林坐在候機室裡，聽著手下的報告。每個人都徒勞無功，沒有見到他們的蹤跡，不過也沒接到他們逃走的消息。

「爺爺，你為什麼要跟他們做那種約定？」梅亞希知道以後，忍不住埋怨，直接把亞里帶回來不就好了？

「有什麼不妥嗎？」

「萬一他們逃走的話，那亞里她不是……」

「她有權利選擇她的人生，至於是不是值得託付的對象，就有待商榷。」梅林站了起來，走到玻璃窗前，看著飛機升空。

梅亞希十分不解，爺爺的想法似乎跟她不太一樣。他們不是應該好好待在自己的世界，免得招來麻煩嗎？而梅亞里不但急著跟喬凌寰私奔，她所選擇的，還是最棘手的人物。

「爺爺，難道你……要讓亞里跟他走？」她有些詫異。

「如果那是她的決定。」

「為什麼？」她聲音尖銳了起來。

「沒有人可以替她的未來做決定，除了亞里本人。我們能替她做的，就是替她觀察她所挑的人選是否合適。」

梅亞希正在思索梅林話中的涵義，一陣急促的腳步聲跑了過來，是梅格麗。

「爺爺！爺爺！」她跑得上氣不接下氣。

「怎麼了？發現他們的行蹤了嗎？」梅亞希迫不及待的發問。

「他們……他們……」梅格麗好不容易息平順氣息後，才指著落地窗外的天空，大聲的說：

「亞里他們……他們就在那班飛機上面！」

第十章

「什麼？」

梅亞希驚訝的望著天空，梅林也驚愕的看著剛才從他眼前起飛的飛機，它正乘載著他們的亞里，向另外一個天空飛去。

他竟然正大光明的將亞里從他們眼前帶走？

他真的做到了！

梅林望著蔚藍的天空，突然發出一聲大笑，那笑聲驚動到所有人，每個人都轉過頭來看這個老頭子在發什麼神經。

梅林知道，梅亞里選擇的，絕不會讓他失望。

※　　※　　※

一名空姐款款的走入機長室，在機長身邊彎下腰來。

「需要什麼服務嗎？」

「我需要休息一下。」喬凌寰突然一把將她摟住，梅亞里跌到他身上，掙扎著爬了起來。

「你在開飛機耶！」她嚇出一身冷汗。

「妳不知道有自動駕駛嗎？」今天天氣挺好，能見度佳，喬凌寰一派悠閒，還能軟玉溫香抱滿懷，足見其從容有餘。

「你什麼時候會開飛機的？」梅亞里望著外面的天空，甚是晴朗，在這片蒼穹裡飛行，是件很愉悅的事。

「妳不知道的事可多了。」

這倒是，這個男人總有她不知道的一面，每次見到他都有驚喜，也讓她一點一點愛上他……

「我覺得，你很適合加入我們的行列。」梅亞里調整了一個舒服的姿勢。

「怎麼說？」

「你不但很會偷東西，還很會偷人。」甚至偷走了她的心。

「那也要看對方是否有價值啊！」

梅亞里甜蜜的笑了起來，兩人在空中深情的擁吻，窗外的陽光瑰麗，照射在雲層上，像極了繽紛的千層酥，每咬一口，都可以嘗到愛情的味道。

而喬凌寰最想嘗的，是梅亞里的味道。

這個女人，她終於屬於他的了。在最初相識之際，她就已經偷走他的心了，於是他也緊追不捨，將她的心偷了過來，這樣，誰也不吃虧嘛！

到底是誰偷誰……嗯，現在倒不用計較那麼多了。

愛情嘛！誰也說不得準。

而在梅亞里脖子上的「海神的女兒」，則在陽光照耀下熠熠生輝，閃爍著和藍天一樣的色澤，映照著愛情的美麗。

電子書購買

國家圖書館出版品預行編目資料

海神的女兒 / 梅洛琳著 . -- 第一版 . -- 臺北市 :
崧燁文化事業有限公司 , 2022.01
面； 公分
POD 版
ISBN 978-986-516-984-8(平裝)
863.57 110020801

海神的女兒

作　　者：梅洛琳
發 行 人：黃振庭
出 版 者：崧燁文化事業有限公司
發 行 者：崧燁文化事業有限公司
E-mail：sonbookservice@gmail.com
粉 絲 頁：https://www.facebook.com/sonbookss/
網　　址：https://sonbook.net/
地　　址：台北市中正區重慶南路一段六十一號八樓 815 室
Rm. 815, 8F., No.61, Sec. 1, Chongqing S. Rd., Zhongzheng Dist., Taipei City 100, Taiwan (R.O.C)
電　　話：(02)2370-3310　　傳　　真：(02) 2388-1990
印　　刷：京峯彩色印刷有限公司（京峰數位）

臉書

定　　價：280 元
發行日期：2022 年 01 月第一版
◎本書以 POD 印製